Antoine Wilson • First Class

AF198164

Antoine Wilson
First Class

Roman

Aus dem Amerikanischen
von Eva Regul

KEIN & ABER

POCKET

Die Originalausgabe erschien 2022 unter dem Titel
Mouth to Mouth bei Avid Reader Press,
an Imprint of Simon & Schuster, Inc., New York
Copyright © 2022 by Antoine Wilson

Alle Rechte vorbehalten
Copyright © 2023/2024 by Kein & Aber AG Zürich – Berlin
Covergestaltung: Maurice Ettlin
Satz: satz-bau Leingärtner, Nabburg
Druck und Bindung: CPI books GmbH, Leck
ISBN 978-3-0369-6182-8
Auch als eBook erhältlich

www.keinundaber.ch

Für Chrissy

1

Ich wartete am Gate des New Yorker Flughafens JFK, allein, übermüdet vom Nachtflug aus Los Angeles, und sinnierte über den Anblick, der sich mir kurz nach dem Start, kurz vor dem Einschlafen, in der abendlichen Dunkelheit geboten hatte, ein Anblick, den ich aus einem Flugzeug noch nie zuvor gesehen hatte.

Ich hatte auf der linken Seite am Fenster gesessen, und wir waren, Zufall oder Schicksal, in Richtung Süden übers Meer geflogen, sodass sich mir ein weiter Blick auf die nächtliche Stadt bot: die goldgelb leuchtenden Punkte der Wohnviertel, die rot-weißen Streifen der Highways und dazwischen mysteriöse schwarze Lücken von Gewässern und Parks. Plötzlich ein kleiner Lichtblitz, aber nicht am Boden, sondern in der Luft. Dann noch einer, gefolgt von Strahlen in alle Richtungen, wie eine Blüte, die sich im Zeitraffer öffnet. Ein Feuerwerk. Ich betrachtete die vielen kleinen Explosionen, bis das Flugzeug die Wolkendecke erreichte.

Dabei war es gar kein Feiertag.

Während ich noch darüber nachdachte, wie man einen Anblick, der einen am Boden so vollkommen fesselte, aus einer anderen Perspektive nur als winziges Aufflackern auf riesigem Raum wahrnahm, hörte ich aus dem Lautsprecher einen Namen.

»Jeff Cook«, sagte die Stimme. »Bitte begeben Sie sich zum Schalter von Gate 11.«

Ein Allerweltsname, aber ich horchte dennoch auf. Ich hatte mal einen Jeff Cook gekannt, an der UCLA, vor fast zwanzig Jahren. Ich hob den Kopf und sah einen gutaussehenden Mann Mitte vierzig mit großen Schritten auf den Schalter zugehen. Er trug einen eleganten blauen Anzug ohne Krawatte und eine Brille mit transparenter Fassung. Teure Lederslipper. Er nannte der Frau am Schalter seinen Namen und schob ihr Bordkarte und Ausweis hin. Während sie auf die Tastatur hämmerte, lehnte er sich leicht auf den Griff seines schicken Hartschalen-Rollköfferchens.

Von meinem Platz in der Nähe des Schalters konnte ich diesen Jeff Cook im Profil betrachten. Ich war schon fast sicher, dass es nicht der Jeff Cook von früher war, und wollte mich gerade abwenden, als er den Kopf in meine Richtung drehte. Diese hohen, breiten Wangenknochen und diesen durchdringenden Blick kannte ich.

Er war es tatsächlich. Allerdings hatte Jeff früher beeindruckend lange, wallende dunkle Haare gehabt, nicht so einen kurz geschorenen, grau melierten Schopf wie jetzt. Außerdem hatte er zugenommen, war kompakter geworden wie so viele von uns, die nach dem College, als wir uns schon längst als fertige Männer verstanden, noch mal eine ganz andere Figur bekommen hatten.

Damals waren Jeff und ich nicht unbedingt eng befreundet gewesen, eigentlich kannten wir einander nur flüchtig, aber obwohl er in meiner Vergangenheit nicht mehr als eine Nebenrolle gespielt hatte, erinnerte ich mich sehr deutlich an ihn.

Im ersten Jahr am College war er einfach ein Kommilitone, der mir aus irgendeinem Grund aufgefallen war, und es ergab sich eine Reihe von Begegnungen, wenn man es denn überhaupt so nennen konnte, am College und anderswo. Mit seiner wallenden Mähne und seinen markanten Zügen war er kaum zu übersehen, eine Art Vintage-Style-Adonis, der das lässige Selbstvertrauen eines Studenten im höheren Semester ausstrahlte. Man kann nicht mal behaupten, dass unsere Wege sich kreuzten, er tauchte nur hin und wieder auf, saß am Ecktisch in einem Café, schlenderte bei einer Demo gegen den Zweiten Golfkrieg umher oder stand – vollkommen überraschend – im Schein meiner Rücklichter, als ich eines Abends bei einem Freund aus der Einfahrt zurücksetzte. Bei jeder Begegnung mit diesem Mystery Man bekam ich eine Gänsehaut, als wäre er mein wachsamer Schutzengel, und dann packte mich plötzlich die Angst, ich könnte ihn vielleicht nie wiedersehen.

Gegen Ende jenes ersten Jahres ging ich mit einem Freund Gras kaufen. Er kannte einen Kiffer, der sich ein bisschen mehr besorgt hatte, um seine Kumpel zu versorgen und nebenbei etwas Kohle zu machen. Wir fuhren zu einer hässlichen Mietskaserne in der Gayley Avenue. Durch die verdreckte Sicherheitsschleuse am Eingang gelangten wir zu einem nach ranzigem Hydrauliköl stinkenden Fahrstuhl. Im Obergeschoss empfing uns ein leerer, nüchterner Flur, aber die Wohnung selbst besaß eine sehr eigene, höhlenartige Atmosphäre, die Fenster waren mit Bettlaken verhängt und die Wände geschmückt mit Postern einer Band, Marillion, von der ich noch nie etwas gehört hatte.

Wie bestellt und nicht abgeholt standen wir im Wohnzimmer herum, während vor uns eine Gruppe bekiffter Gestalten auf dem Sofa abhing und uns eher argwöhnisch als freundlich anglotzte. Am Rand des Sofas, genauso stoned wie alle anderen, saß mein langhaariger Schutzengel. Mein Freund bekam das Gras, und vielleicht damit das Ganze nicht zu geschäftsmäßig wirkte, stellte sein Kumpel alle vor. So erfuhr ich den Namen des Mystery Man, einen Namen, der lange nicht so mysteriös war wie er selbst: Jeff.

Im zweiten Studienjahr tauchte er wieder auf, diesmal im Kurs »Kino und sozialer Wandel«. So sah ich ihn nun jeden Dienstag und Donnerstag in der Melnitz Hall, und je vertrauter sein Anblick wurde, desto mehr verblasste die Aura um ihn, bis er einfach ein ganz gewöhnlicher Kommilitone war, der Film ebenfalls nur im Nebenfach hatte und bei den Diskussionen im Seminar genauso ahnungslos war wie ich. Diese Veränderung fand ich bemerkenswert. In den folgenden Jahren musste ich immer daran zurückdenken, wenn ich mit irgendwelchen Promis zu tun hatte, deren VIP-Status mich völlig grundlos, aber doch nachhaltig in Aufregung versetzte.

Die Frau am Schalter beugte sich hinunter und zog etwas aus dem Drucker. Dann reichte sie Jeff seinen Ausweis und die Bordkarte zurück. Er dankte ihr und verließ den Schalter. Als er an mir vorbeiging, sagte ich seinen Namen.

Er sah mich fragend an. »Ja?«

»UCLA«, sagte ich.

Die Augenbrauen hinter der durchsichtigen Brille schnellten überrascht in die Höhe.

»Meine Güte«, sagte er. »Du hast dich überhaupt nicht verändert. Klar, zwanzig Jahre älter oder so, aber du weißt schon, was ich meine.«

Hatte er Mühe, mich einzuordnen? Ich wollte ihm schon meinen Namen nennen, aber er kam mir zuvor.

»Genau der«, sagte ich.

»Namen und Gesichter.« Er tippte sich an die Schläfe. »So was bleibt bei mir hängen.«

Oh Gott, dachte ich, er ist Vertriebler geworden.

Er streckte mir die Hand entgegen.

»Das Filmseminar«, sagte er. »Ich erinnere mich. Das einzige, das ich je belegt habe.«

»War bei mir auch so.«

»Ich wäre fast durchgefallen. Bin im Dunkeln immer eingeschlafen. Die ganze Veranstaltung hat sich angefühlt wie ein Traum.«

»Du hast nicht viel verpasst«, sagte ich. Das stimmte zwar nicht, aber es war eben Small Talk.

Er lächelte und musterte mich einen Moment lang. »Hey, willst du nicht mit in die First Class Lounge kommen? Ich habe einen zweiten Zugangspass.«

»Und der Flug?«

Er zeigte auf das Display über dem Gate. Unser Flug hatte Verspätung.

Ich saß sowieso schon seit Stunden am Flughafen, da ich das billigste Last-minute-Ticket gekauft hatte, das ich kriegen konnte – Nachtflug von L.A., Zwischenstopp in New York, Flug nach Frankfurt, gefolgt von einer vierstündigen Zugfahrt nach Berlin –, und die Vorstellung einer First Class Lounge war so verlockend, dass ich dem alten Jeff am liebsten auf der Stelle um den Hals gefallen wäre.

Ich folgte ihm durchs Terminal, und angesichts seines nagelneu aussehenden Rollkoffers und seiner Aktentasche aus weichem Leder wünschte ich, ich hätte etwas Erwachseneres mitgenommen als meinen altersschwachen Rucksack. Das Terminal war nicht brechend voll, aber doch belebt genug, dass wir hintereinander besser vorankamen als nebeneinander. Jeffs Haare waren im Nacken über dem Kragen in einer geraden Linie geschnitten. Alles an ihm wirkte gepflegt und stilvoll. Im College hatte ich ihn nie in besonders ordentlicher Kleidung gesehen, immer nur in zerrissenen Jeans und ausgeleierten T-Shirts, die er auf links trug, damit man den Aufdruck nicht lesen konnte. Ich hatte nie kapiert, ob das ein modisches Statement oder eine Verlegenheitslösung war.

Als ich ihm und dem rhythmischen Klackern seiner Kofferrollen vom Gate zum Lounge-Fahrstuhl folgte, sah er sich kein einziges Mal um, ob ich noch hinter ihm war. Bereute er es schon, mich ins Land der Reichen und Schönen eingeladen zu haben? Hoffentlich hatte ich seine Einladung nicht zu begierig angenommen.

Am Fahrstuhl verhielt er sich aber wieder ganz normal oder zumindest so wie am Gate, er schien sich zu freuen über unser zufälliges Treffen und über die Aussicht, mal wieder Neuigkeiten auszutauschen, obwohl ich eigentlich gar nicht wusste, welche Neuigkeiten das sein sollten.

Er wirkte auf mich wie einer dieser Menschen, die einfach nicht gern allein waren. Wenn ich genauer hingesehen hätte oder geahnt hätte, was kommen würde, hätte ich in seinem Blick vielleicht einen Anflug von Verzweiflung entdeckt. Aber ich weiß es nicht. Vielleicht war da auch nichts, noch nicht.

Am Marmorschalter vor der Lounge nahm ein beflissener junger Mann den Zugangspass in Empfang, wies uns hinein und teilte uns mit, dass sie uns Bescheid geben würden, wenn es Zeit fürs Boarding war. Jeff steuerte auf einen niedrigen Tisch mit zwei freien Sesseln am Fenster zu und lud mich ein, Platz zu nehmen, als wäre er mein Gastgeber. Die Sessel waren aus echtem Leder und der Tisch aus echtem Holz. Er bot an, zwei Bier zu holen. Ich sagte ihm, ich hätte seit acht Jahren keinen Alkohol getrunken, aber es würde mir nichts ausmachen, wenn er etwas trinken wolle. Er ging zur Bar, seine Taschen ließ er stehen. Selbst hier im exklusiven Allerheiligsten des Flughafens kam mir beim Anblick der unbeaufsichtigten Gepäckstücke der Gedanke an Schmuggelware oder eine Bombe. Schnell verdrängte ich ihn wieder. Das ist seit jeher mein Mantra auf Flugreisen: Nicht nachdenken. Sobald man einen Flughafen betritt, ist man einer komplizierten und unergründlichen Maschinerie ausgeliefert, deren einziger Zweck es ist, einen von A nach B zu bringen. Einfach nicht nachdenken und es über sich ergehen lassen.

Mit zwei Bierflaschen in der Hand kehrte Jeff zurück. Eine davon stellte er vor mir auf den Tisch und verkündete, er habe ein Alkoholfreies bekommen, er wisse zwar nicht, ob ich das trinke, aber er habe gedacht, es sei doch feierlicher – diesen Ausdruck benutzte er tatsächlich –, bei einer Flasche Bier, sei es nun mit oder ohne Alkohol, über

Neuigkeiten zu plaudern wie in alten Zeiten. Ich konnte mich nicht daran erinnern, dass wir jemals zusammen etwas getrunken hatten, aber ich ließ es so stehen. Wir stießen an und tranken einen Schluck, dann wanderten unsere Blicke nach draußen zu den Flugzeugen.

»Das Wunder des Reisens«, bemerkte er. »Man schläft irgendwo ein und wacht auf der anderen Seite der Welt wieder auf.«

»Ich kann im Flugzeug nicht schlafen«, sagte ich.

»Eine Bekannte von mir«, erzählte er, »die Freundin einer Freundin, sozusagen, hat furchtbare Flugangst, aber wegen familiärer Verpflichtungen muss sie viel und oft reisen. Fliegt nur im Privatjet, sie ist sehr wohlhabend. Und weißt du, was sie macht? Sie bestellt sich einen Anästhesisten nach Hause, der sie in ihrem Bett in Narkose versetzt. Danach fährt er mit ihr zum Flughafen, begleitet sie an ihr Reiseziel, bringt sie dort in ihre Unterkunft, ob Hotel oder eines ihrer eigenen Häuser, und holt sie dann wieder aus der Narkose. Sie schläft wortwörtlich an einem Ort ein und wacht an einem anderen wieder auf.«

»Das sollte mal jemand für uns in der Economy machen«, meinte ich. »Dann würden sie viel mehr Leute in den Flieger kriegen. Wie Sardinen.«

Jeff nippte an seinem Bier.

»Bist du geschäftlich in Frankfurt?«, fragte er mit einem kurzen Blick auf meine ausgelatschten Turnschuhe.

»Berlin«, erwiderte ich. »Da sitzt mein Verleger.«

Ich verschwieg, dass ich auf eigene Kosten reiste, in der Hoffnung, aus der Bezeichnung »Kultautor«, mit der eine Zeitschrift in Deutschland mich tituliert hatte, Kapital zu schlagen. Und dass ich mich außerdem auf eine dringend benötigte Auszeit von Familienpflichten freute, um endlich mal eine Woche lang befreit von Fahrdiensten und Wochen-endeinkäufen zu leben, so, wie Autoren in der Vorstellung ihrer Leserinnen und Leser rund um die Uhr lebten.

»Ich kann mir nicht vorstellen, ein Buch zu schreiben«, meinte Jeff.

»Ich auch nicht.«

Ich sagte das oft, und es war wirklich ernst gemeint, aber alle fassten es immer als Ausdruck falscher Beschei-denheit auf.

Jeff lachte leise. Dann wurde er ernst, und ich rechnete schon mit der Frage, ob er von einem meiner Bücher ge-hört haben müsse. Aber stattdessen wollte er wissen, ob ich jemals in Narkose versetzt worden war.

»In der Highschool habe ich die Mandeln rausgekriegt.«

»Hattest du Angst, nicht wieder aufzuwachen?«

Ich schüttelte den Kopf. »Auf die Idee bin ich gar nicht gekommen. Aber inzwischen wäre ich da nicht mehr so entspannt.«

»Du hast Kinder.«

»Zwei.«

»Das verändert alles, oder?«

Er war vor Kurzem operiert worden, nichts Schlimmes, zumindest nichts Lebensbedrohliches, aber er hatte fürch-terliche Angst gehabt, vielleicht nicht wieder aufzuwachen. So was kam ja durchaus vor. Äußerst selten zwar, aber trotz-dem war er den Gedanken nicht losgeworden, wie schreck-lich es für seine Kinder – er hatte ebenfalls zwei – und seine Frau wäre, wenn er nicht mehr aufwachen würde. Die ganze Sache hatte ihn ziemlich aus dem Gleichgewicht gebracht.

»Der Schlaf ist der Bruder des Todes«, sagte ich.

Draußen setzte ein Jumbo zur Landung an, aber er war zu hoch und zu schnell, er würde über die Landebahn hinausschießen, so sah es zumindest für mich aus und für Jeff vielleicht auch, denn er konnte die Augen ebenso wenig abwenden wie ich, aber dann landete der Jumbo ganz normal, bremste scharf ab und rollte wie jeder andere Flieger zum Taxiway. Die ganze Aktivität vor den Fenstern – die herumflitzenden kleinen Autos, die Bodenlotsen, die mit ihren orangen Leuchtstäben die Flugzeuge einwiesen, die Hubwagen der Cateringfirmen, aus denen die wartenden Flieger mit Essen und Getränken beladen wurden, die ausfahrenden Fluggastbrücken, die Gepäckwagen, die mit ihren Anhängern über den Asphalt ratterten –, all das wimmelte unter den grauen Wolken wie auf einem Gemälde von Hieronymus Bosch.

Während ich aus dem Fenster gesehen hatte, war ihm ein Gedanke gekommen.

»Nach meiner Operation«, sagte er, »als ich noch völlig benebelt im Aufwachraum lag, war ich gar nicht so erleichtert, wie ich erwartet hatte – das kam erst später, als ich meine Familie wiedersah. Stattdessen dachte ich nur daran, dass ich ein Stück Zeit verloren hatte. Wie im Schlaf, nur dass man beim Schlafen genau da aufwacht, wo man auch eingeschlafen ist. Ich hatte das Gefühl, mit mir wäre ohne mein Wissen irgendetwas angestellt worden – was natürlich auch stimmte. Irgendwie fand ich den Gedanken unheimlich, dass ich nicht mehr derselbe Mensch war wie derjenige, der vor der OP eingeschlafen war. Ich hatte etwas verpasst, und ein Teil meines Körpers war herausoperiert worden. An meinem Bein hatten sie ein viereckiges Stück Haut rasiert für so eine Strom ausleitende Elektrode, ansonsten war ich ganz offensichtlich noch ich selbst. Vielleicht war es auch nur eine Nebenwirkung der Medikamente, aber ich wurde das Gefühl nicht los, als Ersatz für mein altes Ich neu auf die Welt gekommen zu sein. Wie gesagt, nach einer Weile ist das Gefühl wieder vergangen, angenehm war es trotzdem nicht.«

»Wie eine Nahtoderfahrung?«, fragte ich.

»Witzig, dass du das sagst«, entgegnete Jeff, als hätte er nicht gerade selbst die Unterhaltung in diese Richtung gelenkt. »Ich habe so was mal aus nächster Nähe erlebt. Es war gar nicht lange nach dem College, ein Jahr später ungefähr. Da habe ich einem Mann das Leben gerettet, völlig ungeplant und unvermutet.«

Ich fragte mich, warum er so betonte, dass es »ungeplant und unvermutet« war, wo man davon doch eigentlich ausgehen würde.

»Was ist passiert?«, fragte ich.

»Ich hole lieber erst noch ein Bier.«

»Nein, nein«, sagte ich. »Die nächsten übernehme ich.«

»Die Getränke sind kostenlos.«

»Dann kann ich sie wenigstens holen.«

Er ließ sich wieder in seinen Sessel fallen.

Ich stand auf und ging zur Bar, vorbei an all den unterschiedlichen Reisenden, von Geschäftsleuten bis zu steinreichen Hipstern, von denen sich viele in fremden Sprachen unterhielten. Sie waren gar nicht so anders als ihre

Pendants in der unteren Etage, außer dass sie nicht aussahen, als würden sie gerade ein Martyrium erleiden. Ich bestellte meine zwei Biere beim mürrischen Barkeeper. Es war noch nicht mal Mittag. Als ich zum Tisch zurückkehrte und Jeff die Flasche reichte, hob er sie wieder zum Anstoßen.

»Dass wir uns getroffen haben, ist eine glückliche Fügung«, sagte er. »Schließlich warst du auch ganz am Anfang dabei.«

2

»Am Anfang?«, fragte ich.

»Das Filmseminar«, sagte er, »bei dem Professor aus Nigeria.«

»Äthiopien«, erwiderte ich.

Jeff sah mich zweifelnd an. »Sicher?«

»Wir haben einen nigerianischen Film gesehen, aber der Prof war hundertprozentig aus Äthiopien.«

Jeff schwieg einen Moment.

Dann sagte er: »All die Jahre habe ich gedacht, er wäre aus Nigeria.«

»Ändert die ganze Geschichte.«

Er sah mein Grinsen.

»Okay«, meinte er. »Wir waren also in dem Filmseminar. Du und ich und meine Freundin Genevieve, die immer nur G genannt wurde. Erinnerst du dich an G?«

Tat ich nicht.

»Sie war auch nicht besonders bemerkenswert«, sagte er und lehnte sich zurück wie jemand, der es gewohnt war, dass man ihm zuhörte. »Nicht, dass mir das damals bewusst gewesen wäre. Sie war von fast schon tragischer Spießigkeit. Sie hat Film im Hauptfach studiert, und sie war mit Abstand das größte Talent in ihrem Jahrgang. Ihre Arbeiten waren erstklassig, auf Profi-Niveau, so schien es mir zumindest. Aber nicht nur mir. Ihre Professoren schwärmten von allem, was sie machte, redeten vom Masterstudium, prophezeiten ihr eine glänzende Karriere, wenn sie vor harter Arbeit nicht zurückschreckte, und so weiter. Aber dann ging bei der Preisverleihung für die Abschlussfilme der erste Preis an jemand anderen, einen Typen, was schon schlimm genug war, aber zu allem Übel war sein Film auch noch absoluter Mist.«

»Wie ätzend«, sagte ich.

»Ja, ich hatte damit gerechnet, dass G gegen die Entscheidung Einspruch erhebt, zumindest hinter verschlossenen Türen, denn sie hatte einen starken Charakter, sie war ehrgeizig. Aber stattdessen meinte sie, die Juroren hätten nur bestätigt, was sie schon immer gewusst hatte – sie besaß vielleicht eine handwerkliche Begabung, aber ihre Arbeiten waren blutleer. Ich hielt das für eine groteske Verzerrung. Ihre Filme waren überhaupt nicht blutleer, sie hatten das Publikum angerührt. Aber sie ließ sich nicht umstimmen. Wenn sie sich einmal festgelegt hatte, konnte man nichts mehr machen. So war sie einfach.

Nach dem Studium ist sie bei einer dieser Talent-Agenturen gelandet – sie wollte die Branche von innen kennenlernen. Es war ein irrsinniger Job mit irrsinnigen Arbeitszeiten, aber sie hat es geliebt. Ich hatte inzwischen bei einem Start-up angefangen, das einen Internet-Stadtführer programmiert hatte, so eine Art kuratierte Gelbe Seiten, damals wurden die Inhalte der Suchmaschinen ja noch von Redakteuren sortiert und zusammengestellt. Was dazu führte, dass meine Tage unstrukturiert waren und ich viel durch die Gegend gezogen bin, während sie an ihren Schreibtisch und ihr Telefon gefesselt war. Das hat mich irgendwie nervös gemacht, dieses Ungleichgewicht, obwohl ich das damals gar nicht richtig in Worte fassen konnte, aber jedenfalls – erstaunlich, was für eine Dynamik so was plötzlich entwickelt –, bei der zweiten Hochzeit ihres Vaters hab ich mich mit Champagner volllaufen lassen und ihr einen Heiratsantrag gemacht. Gar nicht so sehr, weil ich verheiratet sein wollte, glaube ich, sondern einfach weil ich Angst hatte, wir würden uns auseinanderleben. Und immerhin, das muss ich ihr zugutehalten, hat sie nicht Nein gesagt. Sie hat nur gelacht und mich geküsst. Aber als wir wieder in Los Angeles waren, stand ihre Entscheidung fest. Sie sah keine Zukunft für uns. Und ihrer Meinung nach hatte es dann auch keinen Sinn, die Trennung hinauszuzögern. Hat uns beiden das Herz gebrochen. Ich hatte gedacht, wir könnten den Liebeskummer abwenden, indem wir einfach beschlossen zusammenzubleiben, aber wie gesagt, sie hatte eine starke Persönlichkeit.«

»Autsch«, sagte ich.

»Natürlich hatte sie recht.«

»Trotzdem«, sagte ich.

»Ich habe sie geliebt, das heißt, eigentlich habe ich meine Vorstellung von ihr geliebt. Erst eine Weile nach der Trennung habe ich verstanden, dass diese Vorstellung von ihr ihr wahres Wesen überlagert hatte.«

Er nahm einen großen Schluck Bier.

»Nach der Trennung war ich todunglücklich, ich hatte kein Geld und keine Freunde. Ich habe in den Canyons gewohnt, wo ich für einen Schauspieler das Haus gehütet habe. Na ja, eigentlich für einen Schauspieler, der für einen anderen Schauspieler das Haus gehütet hat. In meinem Leben herrschte tote Hose.«

»Kommt mir bekannt vor«, sagte ich.

»Gott, ist das lange her.«

3

Eines Morgens, erzählte Jeff, wachte er vom Geräusch der Luft auf, die aus Gs Nase pfiff, aber dann stellte er fest, dass das Pfeifen aus seiner eigenen verstopften Nase kam und er allein war.

Seit der Trennung dachte Jeff oft mit Wehmut an Dinge zurück, an die er früher, als sie noch zusammen gewesen waren, keinen Gedanken verschwendet hatte. So auch an das leise Pfeifen, das G manchmal im Tiefschlaf von sich gab. Mit der Erinnerung an dieses regelmäßige nächtliche Geräusch kehrte eine zärtliche Liebe für sie zurück, wie die Liebe zu einem kleinen, wehrlosen Tier, denn es kündete von einer Verletzlichkeit, die G in wachem Zustand verbarg, vielleicht weil sie so klein war, gerade mal eins sechzig, und kaum fünfzig Kilo wog. Ihr Atem, der durch einen winzigen Spalt in den Nebenhöhlen oder der Nasenscheidewand oder durch die Nase selbst strich, sang ein Lied von Schutzlosigkeit, von einer Kindlichkeit, die sie ihn sonst nur selten sehen ließ. Die Nase, aus der dieses Lied erklang, war wunderbar gewölbt und ein wenig zu groß, was aber von Sommersprossen auf beiden Wangen ausgeglichen wurde (ihm ging erst später auf, dass sie bestimmt oft wie ein Kind behandelt worden war), und diese Nase wurde für ihn zu etwas ganz Besonderem, weil sie Gs zarte Schönheit, zu der sie eigentlich nicht passte, nur umso mehr unterstrich.

Er überlegte, ob er wieder ins Bett gehen sollte. In diesem Bett, im Bett des Schauspielers, hatten G und er sich Babynamen überlegt, alberne Namen, immer im schützenden Bewusstsein, dass das natürlich vermessen war. In diesem Bett, in diesem Haus hatten sie erwachsen gespielt, hatten so getan, als hätten sie es selbst eingerichtet und die Kunstwerke an den Wänden auf unfassbar teuren Reisen in ferne Länder gekauft. Das Entengemälde auf der Rambla in Barcelona, den Kelim in Istanbul, von einem Mann mit zittrigen Händen. Er gab vor, nicht mehr zu wissen, woher das Geschirr stammte, und sie dachte sich eine passende Geschichte aus. Mit der Erfindung einer glamourösen Vergangenheit hatten sie sich zugleich eine glorreiche Zukunft ausgemalt. Jetzt aber wirkte das alles falsch, in jeder Ecke des Hauses erinnerte ihn etwas an vergangene Situationen und verwehte Träume, und die ehemals heitersten und spielerischsten waren nun die bedrückendsten.

Er musste raus. Er zog sich an, stieg in seinen alten Volvo und fuhr nach Westen in Richtung Santa Monica.

Die Sonne war noch nicht aufgegangen. Von der Steilküste sah der Strand wie ein dunkelgrauer Streifen aus, das Meer schwarz. Im Dunkeln überquerte er die Fußgängerbrücke über den Pacific Coast Highway, ging von einem Lichtkegel zum nächsten. Der Strandparkplatz war ausgestorben, nur ein einzelner Radfahrer sauste vorbei und jagte dem goldgelben Strahl der Lampe an seinem Lenker hinterher. Der Himmel war von einem tiefen Braunschwarz, niedrige Wolken reflektierten die Lichter der Stadt auf die Erde zurück. In einiger Entfernung erhob sich ein kleiner Hügel auf dem Sand, entweder ein kuschelndes Pärchen oder ein schlafender Obdachloser.

Schon jetzt ließ die Weite des Ozeans seine Probleme kleiner wirken und schuf eine Verbindung zwischen ihm und den elementaren, ewigen Dingen.

Er zog Schuhe und Socken aus, und als er barfuß auf den kalten Sand trat, empfand er ein Gefühl der Freiheit angesichts seiner eigenen Bedeutungslosigkeit, ebenso aber – weil er allein war, weil es dunkel war, weil hinter ihm die ganze Stadt schlief – fühlte er sich wie eine Art lokale Gottheit, die unter einem gleichermaßen unsichtbar wie allmächtig machenden Umhang den Blick über ihr Reich schweifen ließ.

Er setzte sich nah ans Meer, auf den trockenen Sand knapp oberhalb der Wasserlinie, und die Kälte zog ihm in den Hosenboden. Der Horizont schnitt die Aussicht entzwei, er war das Entfernteste, was man auf dieser Erde sehen konnte. Jeff stellte sich vor, dort draußen ausgesetzt zu werden, auf halbem Weg nach Japan, und Wasser zu treten, bis die Erschöpfung ihn übermannte. Er wusste damals nicht, dass es bis zu dieser scheinbar unendlich weit entfernten Linie keine zwei Seemeilen waren. Und genauso deutlich verschätzte er sich beim Ausmaß seines Liebeskummers. In der Beziehung mit G hatte er das Gefühl gehabt, dass sich etwas entwickelte, dass er sich eine Zukunft aufbaute, und jetzt musste er plötzlich wieder von vorne anfangen. So absurd es ihm später auch erschien – er war nicht mal mehr in der Lage, sich die Intensität dieses Gefühls in Erinnerung zu rufen –, die Leerstelle, die G in seinem Leben hinterlassen hatte, war beständig und allgegenwärtig, der erste Gedanke nach dem Aufwachen und der letzte vor dem Einschlafen.

Hinter ihm begann es zu schimmern und zu glühen, *fiat lux*, und langsam traten Meer und Himmel aus dem Nichts hervor. Ein neuer Tag begann. Pelikane flogen dicht über dem Wasser. Weit draußen sah er den schemenhaften Umriss eines Schiffes. In der Nähe zankten sich ein paar Möwen um ein Stück Zellophan. Wellen rollten heran, brachen aber erst am Strand, weit gereiste Wogen eines Sturms, der das Wasser fern von hier auf dem Ozean in Aufruhr versetzt hatte, Bewegung und Energie, die von einem Molekül zum nächsten weitergegeben wurde wie ein Staffelstab, nur um nach diesem langen Weg im Sand zu versiegen.

Nur auf der Durchreise, sagte eine Stimme in Jeffs Kopf, Quelle unbekannt, wahrscheinlich ein Autoaufkleber. So was passierte ihm manchmal – aus heiterem Himmel tauchte eine Stimme oder ein Song in seinen Gedanken auf und kommentierte, was gerade geschah, als hätte er nicht nur ein Bewusstsein, sondern mehrere, und als wäre sein Verstand eher eine Art Orchesterdirigent als der Urheber seiner eigenen Gedanken.

Aus dem Augenwinkel erspähte er einen dunklen Umriss auf der Wasseroberfläche. Gerade eben war der noch nicht da gewesen, da war er ziemlich sicher. Ein Büschel Seetang? Nein, ein Schwimmer, der auf den Strand zuhielt, er schlug mit dem Arm aufs Wasser, dann ließ er sich treiben, als betrachtete er den Meeresboden, wie ein Schnorchler ohne Schnorchel. Aber nein, das war es nicht. Die Gestalt trieb ohne Muskelspannung in der Dünung, und Jeff hatte den Eindruck, dass etwas nicht stimmte. Er stand auf und wartete, dass die Gestalt wieder den Arm hob oder den Kopf zur Seite drehte, um Luft zu holen, aber es geschah nichts. Er wollte einem der Rettungsschwimmer Bescheid sagen, aber die Wachtürme waren noch geschlossen. Am gesamten Strand war niemand zu sehen außer einer einsamen und viel zu weit entfernten Joggerin.

Noch nie in seinem Leben war er mit einer Situation wie dieser konfrontiert gewesen, in der er mit absoluter Sicherheit erkannte, dass er dieses Problem jetzt ganz allein zu lösen hatte. Er wünschte sich, der Gott, an den er nicht glaubte, möge eingreifen oder irgendjemand, der vielleicht wusste, was zu tun war, oder wenigstens jemand, der genauso hilflos und panisch war wie er selbst, damit sie es zumindest gemeinsam angehen konnten. Es war einer dieser schicksalhaften Momente, an die man sich später nicht mit einem erleichterten Lachen, sondern mit einem Schaudern erinnert, denn obwohl ihm klar war, dass er keine Wahl hatte und dass jeder an seiner Stelle dasselbe getan hätte, musste er sich eingestehen, dass es ein Test war. Schließlich hätte er ebenso gut aufgeben, resignieren, einfach weggehen können, er hätte leicht so tun können, als hätte er nichts gesehen, er hätte sich aus der Situation wegdenken können, sich einreden können, er wäre nicht da gewesen, wäre einen Moment zu früh gegangen oder zu spät gekommen, und dann wäre er nicht in diese missliche Lage geraten, sondern hätte das Ereignis knapp verpasst, und es hätte sich ungestört und ohne Zeugen so abgespielt, wie die Natur es vorgesehen hatte.

Ich wandte ein, dass man das Eingreifen in eine Situation genauso gut als Schicksal interpretieren konnte, dass der natürliche Lauf der Dinge alle möglichen Einmischungen beinhalten konnte, da wir ja selbst ein untrennbarer Bestandteil der Natur waren.

Darüber dachte er einen Moment nach, setzte zu einer Antwort an – und nahm dann doch nur einen weiteren Schluck Bier.

4

Das Wasser war so kalt, fuhr er fort, nachdem er sein Bier geleert und ein neues geholt hatte, dass es ihm den Atem verschlug. Er hatte das Gefühl, nicht genug Luft in die Lunge zu bekommen. Trotzdem hastete er in Unterhose und T-Shirt durchs flache Wasser auf die Gestalt zu, dann schwamm er, und die ganze Zeit sagte er sich, dass es idiotisch war, dass es dem Mann wahrscheinlich gut ging und er jeden Moment den Kopf heben würde, sodass das Ganze bis an Jeffs Lebensende als peinliche Geschichte über seine Neigung zu voreiligen Schlüssen und überhasteten Aktionen in Erinnerung bleiben würde. Gleichzeitig rotierte ein anderer Gedanke in seinem Kopf, ebenso eindringlich und klar, nämlich dass dieser Mann schon längst tot war und hier eine Leiche ans Ufer trieb. Aber hatte er nicht gesehen, wie der Mann den Arm gehoben und ins Wasser getaucht hatte?

Die Kälte schnitt ihm in Hände und Füße, und obwohl er den Kopf oben hielt, schmeckte er bei jedem Schwimmzug Salzwasser. Als er den dahintreibenden Körper erreicht hatte, zögerte er. Was, wenn der andere sich plötzlich an ihn klammerte und ihn mit letzter Kraft unter Wasser zog, wie Ertrinkende es angeblich taten?

Doch dann fasste Jeff sich ein Herz, packte den Mann an der Schulter und wollte ihn auf den Rücken drehen, aber da er mit den Füßen nicht mehr auf den Grund kam, hatte er nicht genug Hebelkraft. Also griff er nach der Hand des Mannes, zog ihn hinter sich her und schwamm ungelenk mit einem Arm die kurze Strecke zurück zum Strand, den er schon mit den Blicken nach möglichen Helfern absuchte. In der Brandung tauchte er und schob den leblosen Körper von unten mit dem Schwung einer Welle auf den Sand. Der Mann rollte ein Stückchen und blieb auf dem Rücken liegen, Arme und Beine merkwürdig angewinkelt, als wäre er aus großer Höhe gefallen.

Jeff betrachtete ihn. Ein Mann mittleren Alters in einem Neoprenanzug und mit getönter Schwimmbrille, die Haut bläulich, die Lippen violett. Er hatte ihn sich sowohl als Mann als auch als Leiche vorgestellt, ein jemand und ein etwas, aber jetzt war die Gestalt auf dem Sand eindeutig ein Mensch, ein Mann. Er schien nicht zu atmen, und Jeff hatte keine Ahnung, wie man den Puls maß. Die Schwimmbrille traute er sich nicht abzunehmen, aus Angst vor einem leblosen Blick aus offenen Augen.

Er zerrte den Mann weiter den Strand hinauf, und das Wasser überspülte die Schleifspur im Sand. Die Joggerin war inzwischen näher gekommen, war aber noch nicht nah genug. Das nächste Telefon war am Parkplatz. Könnte ihm jemand einen Vorwurf machen, wenn er hinlief und den Notruf wählte?

Er kannte Wiederbelebungsmaßnahmen aus dem Fernsehen, aber wie eine Herzdruckmassage wirklich ausgeführt wurde, wusste er nicht. Er legte dem Mann die Hände auf die Brust, streckte die Arme durch und begann in kurzen Abständen zu drücken. Das Brustbein fühlte sich an wie eine gefederte Platte. Aus dem schlaffen Mundwinkel des

Mannes rann Wasser. Jeff zählte beim Drücken, obwohl das sinnlos war, denn er hatte sowieso keinen Schimmer, wann er aufhören sollte. Aber was danach kam, wusste er, und er zögerte keinen Moment. Die Lippen des Mannes waren kalt, die Bartstoppeln kratzten. Als Jeff ihm Luft in den Mund blies, spritzte ihm Wasser auf die Wangen. Jeff hatte vergessen, ihm die Nase zuzuhalten.

Dann hob und senkte sich der Brustkorb mit der Beatmung, aber nicht anders als ein Blasebalg. Die Haut wurde nicht weniger blau. Ekel stieg in Jeff auf bei dem Gedanken, dass er diesen Mann vielleicht nicht mehr retten konnte, was bedeutete, dass er nicht einen ohnmächtigen Menschen beatmete, sondern eine Leiche.

Die Joggerin erschien und blieb in ein paar Metern Entfernung wie erstarrt stehen. Er schrie ihr zu, sie solle Hilfe holen, und sie rannte los in Richtung Highway.

Jetzt drückte er wieder auf den Brustkorb. Unter seinem Handballen knackte etwas, und bei jedem weiteren Stoß spürte er den gebrochenen Knochen.

Große Mengen schaumigen Salzwassers flossen dem Mann aus dem Mund. Niemand hätte Jeff einen Vorwurf machen können, wenn er aufgegeben hätte. Er kämpfte mit dem Brechreiz, aber dann wischte er den Schaum mit dem Handrücken weg und beatmete den Mann noch einmal. Jetzt wieder der Brustkorb, drücken, drücken, und bloß nicht daran denken, wie unter seinen Händen Knochen auf Knochen rieb.

Keine zwei Meter entfernt stand eine Möwe auf dem Sand und beobachtete ihn, das Auge schwarz wie ein nasses Samenkorn.

Jeff versuchte sich vorzustellen, er wäre eine Maschine, die in einem ununterbrochenen Zyklus von beatmen und drücken die Arbeit von Herz und Lunge dieses Mannes übernommen hatte. Weiter und immer weiter. Er fragte sich, wann er aufhören durfte.

Aber aufzuhören würde bedeuten, dass er den Mann aufgab. Das konnte er nicht tun. So war er nicht. Es musste jemand kommen und hier übernehmen, jemand, der sich auskannte, der fähig war festzustellen, dass der Mann nicht mehr zu retten war, und die Verantwortung fürs Aufgeben tragen würde. Wann würde diese Person erscheinen? Jeff war am Ende seiner Kräfte, aber er sah keine andere Möglichkeit, er drückte und beatmete weiter.

Plötzlich verkrampfte sich der Körper des Mannes. Er rang nach Luft und hustete, wie Jeff es noch nie im Leben gehört hatte, rau und schleimig zugleich. Dann rollte er sich von Jeff weg, übergab sich auf den Sand, stöhnte, riss sich die Schwimmbrille vom Kopf und übergab sich noch einmal.

Jeff saß wie gelähmt da, erschöpft und erschrocken, und fragte sich, was er jetzt tun sollte. Das Blut rauschte ihm in den Ohren. Sein Magen zog sich zusammen. Er begann zu zittern.

Schaulustige tauchten auf. Hatten sie die Szene schon von Weitem beobachtet? Einer wollte wissen, ob mit dem Mann alles in Ordnung war. Jeff antwortete nicht. Er wusste nicht mal, ob die Frage an ihn gerichtet war.

Dann erschien mit blinkenden Lichtern der Pick-up der Rettungsschwimmer. Ein alter Haudegen stieg aus, rote Jacke, rote Shorts, rotes Gesicht mit weißem Schnurrbart.

Er bewegte sich mit der Sicherheit und Ruhe eines Steppenlöwen, kniete sich neben den Mann auf den Sand und stellte ihm Fragen: Wie hieß er? Wusste er, wo er sich befand? Und welcher Wochentag war heute? Jeff verstand die gemurmelten Antworten nicht. Dann wickelte der Rettungsschwimmer den Verunglückten in eine graue Wolldecke. Jetzt rückten auch noch zwei Sanitäter mit Wraparound-Sonnenbrillen an, sie stapften mit orangen Erste-Hilfe-Koffern über den Sand, der Krankenwagen wartete hinter ihnen auf dem Parkplatz. Endlich war Hilfe eingetroffen.

Stöhnend vor Schmerzen versuchte der Verunglückte sich aufzurichten, aber die Sanitäter legten ihn wieder auf den Rücken und setzten ihm eine Sauerstoffmaske auf.

Jeff bat um eine Decke, und es dauerte einen Moment, bis der Rettungsschwimmer die Rolle dieses langhaarigen jungen Mannes in T-Shirt und Boxershorts verstand und erkannte, dass er völlig durchnässt und unterkühlt war. Er holte noch eine Decke aus dem Pick-up und warf sie Jeff zu. Jeff legte sie sich eng um die Schultern. Dann nahm der Rettungsschwimmer ihn beiseite, und Jeff beantwortete seine Fragen. Dennis – so stand es auf dem Namensschild, aber ob das sein Vor- oder Nachname war, würde Jeff nie erfahren – bat ihn, den Vorfall zu beschreiben. Jetzt erst sah Jeff, dass Dennis' Schnurrbart nicht komplett weiß, sondern noch mit ein paar blonden Strähnen durchsetzt war. Während Jeff berichtete, wurden Dennis' zusammengekniffene Augen immer größer, seine Krähenfüße glätteten sich, und kleine Linien hellerer Haut, an die sonst kein Sonnenlicht gelangte, kamen zum Vorschein. Anschließend meinte Dennis, der Mann habe großes Glück gehabt, dass Jeff am Strand gewesen war. Sonst wäre das hier ein ganz anderer Einsatz geworden, sagte er, als ginge es hauptsächlich um den Ablauf seines Arbeitstages.

Der Verunglückte griff sich an den Brustkorb und stöhnte noch einmal. Dennis lief zum Pick-up und zog eine hölzerne Trage mit Gurten heraus. Dann band er mit den Sanitätern den Mann darauf fest.

Zum ersten Mal wandte der Verunglückte Jeff den Blick zu. Mit der Sauerstoffmaske im Gesicht war sein Anblick jetzt genau umgekehrt – Mund und Nase waren bedeckt und die Augen frei, wobei ein Augenlid leicht herunterhing, ob angeboren oder durch den Schock war nicht zu sagen. Er hatte helle Augen, blau oder grün, und zusammen mit der gerunzelten Stirn schienen sie Verwunderung auszudrücken. Der Mann hob den Arm ein paar Zentimeter, als wollte er auf Jeff zeigen oder etwas signalisieren, aber einer der Sanitäter führte ihm den Arm wieder nach unten und band ihn fest.

Ich habe Ihnen das Leben gerettet, hätte Jeff gerne gesagt. Aber das auszusprechen, wäre Sache des Verunglückten gewesen.

Immer mehr Schaulustige drängten herbei, und einige von ihnen stellten sich vor Jeff, um näher dran zu sein. Dennis und die Sanitäter luden die Trage auf die Ladefläche des Pick-ups. Mit offener Heckklappe und einem Sanitäter auf jeder Seite rollte der Wagen langsam zum Strandparkplatz.

Die Schaulustigen zerstreuten sich, und Jeff war wieder allein. Er sammelte seine Hose, Strümpfe und Schuhe ein – die Spur der Panik, die er auf dem Weg ins Wasser hinterlassen hatte. Dann schälte er sich aus dem klitschnassen T-Shirt, zog unter der Decke auch die Boxershorts aus und schlüpfte in seine trockene Hose.

Mit heulender Sirene fuhr der Krankenwagen vom Strandparkplatz, und der Pick-up der Rettungsschwimmer wendete. In der Erwartung, dass er zu ihm zurückkommen würde, blieb Jeff stehen, aber der Wagen war nur kurz auf ihn zugefahren und entfernte sich dann nach Süden in Richtung Pier. Vielleicht hatte Dennis nicht gesehen, dass er noch am Strand stand, oder er war zu einem anderen Notfall gerufen worden.

Jeff hob seine Schuhe, das T-Shirt und die Boxershorts auf und trottete über den Sand zur gewundenen Rampe der Fußgängerbrücke. Jogger und Spaziergänger machten einen weiten Bogen um ihn. Niemand sah ihm in die Augen. Mit der rauen Wolldecke um die Schultern, barfuß, mit zerzausten langen Haaren und nacktem Oberkörper musste er ausgesehen haben wie einer der üblichen Pechvögel, die ziellos in diesem sogenannten Paradies umherstreunten.

5

»Heldenhaft«, sagte ich.

Er blickte aus dem Fenster und dann auf seine Fingernägel. »Eher nicht«, erwiderte er leise, und auf einmal schien ein ganz anderer Mensch vor mir zu sitzen als derjenige, der mir gerade so lebhaft und detailliert von seiner Rettungstat berichtet hatte. Ich spürte, dass er unsicher war, wie er fortfahren sollte – und ob überhaupt.

»Du warst doch bestimmt stolz«, meinte ich.

Er nahm einen Schluck Bier. »Ich war einfach nur erschöpft. Ich bin zum Haus zurückgefahren und ins Bett gefallen. Hab bis nachmittags geschlafen. Dann erst bin ich auf die Idee gekommen, jemanden anzurufen. Mein erster Gedanke war G, aber wir hatten uns nach zu vielen betrunkenen Nachttelefonaten ein Kommunikationsverbot auferlegt. Dylan, der Schauspielerfreund, dessen Haushüter-Job ich übernommen hatte, war bei einem Dreh in Vancouver. Meine anderen Kumpels aus dem College, Emilio und Mark – erinnerst du dich an die?«

Tat ich nicht.

»Die waren nach dem Studium nach South Bay gezogen, und wegen der Sache mit G war der Kontakt eingeschlafen, klassischer Fall von frisch verliebt, Freunde abserviert. Klar, ein Anruf hätte gereicht und sie hätten mich sofort wieder aufgenommen, aber ich konnte mir ihre

Reaktion auf meine Geschichte schon vorstellen – Glückwünsche und eine Runde Drinks. Wahrscheinlich hätten sie mich in der Bar direkt zu irgendeiner Frau geschleift und ihr erzählt, dass ich jemandem das Leben gerettet hatte.«

»Und das wolltest du nicht«, sagte ich.

Jeff trank sein Bier aus und stellte die Flasche mit etwas zu viel Schwung ab.

Dann schüttelte er den Kopf.

»Nein, ich wollte mich nicht feiern lassen.«

»Aber du hattest was Außerordentliches geleistet.«

»Ja, so hätten sie das wohl gesehen.«

»Und du?«

»Für mich war es eher, als hätte man mir eine Knarre an den Kopf gehalten. Ich habe aus purem Instinkt gehandelt, oder zumindest aus Angst, was passieren würde, wenn ich nichts tue. Ich habe mir so eine Situation nicht gewünscht. Im Gegenteil, ich fand es fürchterlich. Ich wollte diese Bilder nicht im Kopf haben, die eiskalten blauen Lippen, das Knacken der gebrochenen Rippen, und außerdem hatte ich ja keine Ahnung, ob der Typ es überhaupt geschafft hatte. Vielleicht war er ja im Krankenhaus an dem gestorben, was immer ihm da beim Schwimmen passiert war.«

»Um ehrlich zu sein, wenn du mich angerufen hättest, ich hätte dir bestimmt auch einen Drink ausgegeben.«

»Das verstehe ich ja. Aber dann hätte ich das Gefühl gehabt, einen Deckel auf die ganze Geschichte draufzumachen.«

»Du warst traumatisiert.«

Er senkte einen Moment lang nachdenklich den Blick. Dann aber setzte er sich aufrecht hin und legte die Arme auf die Sessellehnen, als säße er auf dem elektrischen Stuhl.

»Jedenfalls«, fuhr er fort, »letzten Endes habe ich niemandem davon erzählt.«

»Damals.«

»Jemals.«

Ich musste mich verhört haben.

»Du willst doch wohl nicht sagen, dass ich der Erste bin, dem du davon erzählst?«

Er nickte.

»Du hast diese Geschichte fast zwanzig Jahre lang für dich behalten, und jetzt erzählst du sie mir? Mir? Ach, komm. Du verarschst mich doch.«

Er nahm die Brille ab, rieb sich die Augen, setzte die Brille wieder auf.

»Ich wünschte, es wäre so«, sagte er dann. »Dein plötzliches Erscheinen muss hier oben irgendwas ausgelöst haben.« Er tippte sich an die Schläfe.

»Angenommen, du meinst das wirklich ernst −«

»Oh ja.«

»Warum hast du denn niemandem davon erzählt? So schlimm kann die Vorstellung doch nicht gewesen sein, dass man dich einen Helden nennt.«

»Daran lag es nicht. Es war einfach … Irgendwann ging es nicht mehr.«

»Wie das?«, fragte ich.

»Ich will dir nicht die Ohren vollquatschen.«

»Tust du nicht.«

»Außerdem«, überlegte er, »bin ich nicht so sicher, ob ich das alles erzählen sollte.«

Ich lehnte mich zurück und wartete, wie er sich entscheiden würde.

6

Am nächsten Tag, fuhr er mit einem Räuspern fort, meldete er sich krank. Ob es an der Unterkühlung oder an der Ursache seiner sowieso schon verstopften Nase lag, oder ob es einfach Zufall war, er bekam jedenfalls eine heftige Erkältung mit hohem Fieber. In seinen wahnhaften Träumen verfolgte ihn der Anblick der verspiegelten Schwimmbrille und der blauen Lippen, und immer wieder durchlebte er die Rettungsaktion.

Als er die Krankheit überstanden hatte, kehrte er an den Strand zurück in der Hoffnung, die quälenden Bilder loszuwerden. Wenn er dort hinging und nichts geschah, würde diese neue Erfahrung vielleicht seine Erinnerungen überschreiben.

Er fuhr wieder am frühen Morgen und parkte oben auf der Steilküste. Es war wärmer als beim letzten Mal, und es blies ein leichter ablandiger Wind. Unter den tiefhängenden Wolken wirkte das Meer wie ein antiker Spiegel, der Horizont war rasiermesserscharf. Die Wellen waren diesmal höher, lange, glatte blaue Wände, die unvermittelt zusammenbrachen und die eingeschlossene Luft in Schwaden herausschleuderten. Es war ein vollkommen anderes Meer. Er hielt das für ein gutes Zeichen. Vom wechselhaften Ozean war keine Wiederholung zu befürchten.

Sobald er jedoch einen Fuß auf den Sand setzte, wurde ihm klar, dass sein Vorhaben sich als zwecklos erweisen würde, ja, dass es sogar lächerlich war. Trotzdem ging er ans Wasser und atmete tief den Geruch des Seetangs ein. Er hatte keine Ahnung, was ihn beim letzten Mal hierhin gezogen hatte, und er wünschte sich, dass dieser Ort ihm wenigstens jetzt zuflüstern würde, was das Ganze bedeuten sollte und warum es geschehen war, aber er wusste natürlich, dass ihm keine solche Offenbarung zuteilwerden würde.

Er nahm den fernen Pier, den Strandparkplatz und den Turm der Rettungsschwimmer als Orientierungspunkte, um die Stelle wiederzufinden, an der er den Mann aus dem Wasser gezogen hatte. Alle Spuren des Vorfalls waren längst verschwunden; selbst dort, wo der Pick-up tiefe Reifenabdrücke hinterlassen hatte, war nichts als das unregelmäßige Wellenmuster des feuchten Sandes zu sehen. Wenn er das Ereignis doch nur ebenso leicht aus seiner Erinnerung löschen könnte, dachte er bei sich und tadelte sich zugleich für diesen Gedanken. Er hatte einem Menschen das Leben gerettet – der Inbegriff der guten Tat –, sollte er sich nicht eigentlich gerne daran erinnern? Aber der Unterschied zwischen dem Erlebnis und dieser Bezeichnung war zu groß: Er schaffte es nicht, Ersteres auf Letzteres zu reduzieren.

Nichts ließ erkennen, was an dieser Stelle geschehen war. Das Ereignis existierte nur noch in seinem Kopf und vielleicht in dem des Verunglückten, wer auch immer er war und wo auch immer er sich befand. Jeff lief eine Weile am Wasser auf und ab und ging dann frustriert und aufgewühlt über den Strand zurück zum Parkplatz.

Auf der Fußgängerbrücke blieb er stehen und betrachtete die Autos, die unter ihm hindurchfuhren. Es war Rushhour. Von oben blickte er durch die Windschutzscheiben und sah die fremden Gesichter vorbeiziehen. All diese vielen Leute, jeder mit seinem eigenen individuellen Leben, in jedem Auto eines.

In ihrer Mimik war nichts zu lesen. Als posierten sie für Passfotos. Oder säßen vor ihren Computerbildschirmen. Er musste an das Gesicht des bewusstlosen Mannes am Strand denken, verdrängte es aber schnell wieder. Ob er schon aus dem Krankenhaus entlassen war? Oder ob er dort noch lag, einen Infusionsschlauch im Arm, über den er Antibiotika in die Adern getröpfelt bekam, dazu ein Opiat gegen die Schmerzen von den gebrochenen Rippen, gebrochen vom harten Ballen einer helfenden Hand?

Ja, bestimmt war er noch im Krankenhaus, seine Frau, ein Freund, ein Bruder oder eine Schwester an seiner Seite neben dem piepsenden Patientenmonitor, bestimmt lag er noch im Bett, vergraben unter der Decke, die Haut rosa und gut durchblutet, die Haare trocken, aber ungekämmt, wie ein Baby nach dem Bad. Doch wie stand es um seine Gemütsverfassung? Stand er weiterhin unter Schock? Oder war er unbeeindruckt? An wie viel konnte er sich erinnern? Hatte er eine Gedächtnislücke? Das glatte, kalte Wasser, die graue Morgendämmerung, die stetigen Schwimmzüge, Atem und Arme und Beine im kontinuierlichen Rhythmus, im Kopf ein immergleicher Satz in Dauerschleife, der alles im Takt hält; und plötzlich, als würde er aus tiefem Schlaf erwachen, harter Sand und trockéne Luft, wo eben noch Wasser gewesen war, die Muskeln erschöpft, Nase und Rachen rau, ein Würgen, ein schneidender Schmerz in der Brust. Die rote Silhouette eines Rettungsschwimmers, der ihm Fragen stellte. *Wie heißen Sie? Welcher Wochentag ist heute?* Die ruppigen Handgriffe der Sanitäter, die Fahrt über den Sand, die Fahrt ins Krankenhaus … Und was hatte es zu bedeuten gehabt, dass er bei Jeffs Anblick versucht hatte, den Arm zu heben? Erinnerte er sich daran? Was hatte er damit ausdrücken wollen? Wollte er ihm ein Zeichen geben? Ihn heranwinken? Sollte es ein Gruß sein? Oder ein Dank? Selbst wenn der Mann sich an die Ereignisse am Strand nur noch verschwommen oder vielleicht gar nicht mehr erinnerte, zweifelte Jeff nicht daran, dass diese unterbrochene Geste irgendwo in ihm nachklang.

1

Die Decke der Rettungsschwimmer lag noch eine Woche lang im Badezimmer, und der modrige Gestank nach feuchter Wolle und Meerwasser hing im ganzen Haus, aber Jeff hatte sich schon an den Geruch gewöhnt, da er die meiste Zeit drinnen verbrachte, wo er sich in einer depressiven Stimmung, die er zum Teil der Trennung von G zuschrieb, sämtliche Filme ohne Liebesgeschichte ansah und sich durch die Dosenvorräte des Schauspielers futterte. Ein halbes Dutzend Suppen, Bohnenmus, Linsen, Kichererbsen, gehackte Tomaten ...

Am Ende der Woche bestellte er sich eine Pizza. Der Bote sprach Jeff auf den Gestank an. Daraufhin holte er die Decke aus dem Bad und wusch sie im Wollwaschgang in der Waschmaschine. Dann steckte er sie im Schonprogramm in den Trockner. Als sie trocken war, faltete er sie sorgfältig zusammen und steckte sie in eine Papiertüte.

Er parkte den Volvo auf dem Pier und begab sich zum Hauptquartier der Rettungsschwimmer, einem einfachen Containerbau zwischen dem Pier und einem Fitnessbereich am Strand. Auf der Rückseite befand sich ein ummauerter Hof für die Ausrüstung, aber der Zugang war verschlossen. Da entdeckte er an der Seite des Gebäudes eine beige gestrichene Tür mit Rostflecken und Farbblasen an den Rändern. Er klopfte, bekam aber keine Antwort. Als er den Knauf drehte, ließ die Tür sich öffnen. Er betrat einen kahlen Flur mit Neonleuchten an der Decke. Über die Treppe zu seiner Rechten ertönte Gelächter aus der oberen Etage. Leise stieg er hinauf und lauschte der Unterhaltung der Rettungsschwimmer. Einer bezeichnete einen anderen als Rassisten; dieser erwiderte, er nenne sie nur, wie sie aussehen. Daraufhin lachten sie erneut, verstummten aber abrupt, als Jeff oben an der Treppe erschien. Die gesamte Frontseite des Raums und Teile der Seitenwände bestanden aus Fenstern mit Blick auf den Strandabschnitt südlich des Piers. Auf einem Bürostuhl mit Rollen fläzte sich Rettungsschwimmer Dennis, und auf zwei ähnlichen Stühlen saßen ein drahtiger, braungebrannter junger Mann mit schmalem Mund und kritischem Blick – der prototypische Idiot aus einem Achtzigerjahre-Film – und ein älterer Kollege, noch etwas jünger als Dennis, aber mit beginnender Glatze, der ein arrogantes Grinsen aufgesetzt hatte. Alle drei trugen rote Jacken und rote Shorts.

Jeff entschuldigte sich für sein Eindringen, hielt die Papiertüte hoch und sagte, er wolle nur die Decke zurückbringen.

Er hatte sich zwar keinen Plan zurechtgelegt, aber er hatte gehofft, wenigstens ein paar Fragen stellen zu können und vielleicht den Namen des Mannes, den er gerettet hatte, in Erfahrung zu bringen. Als er jedoch vor diesen drei Sprüche klopfenden Spaßvögeln stand, verließ ihn der Mut. Der idiotisch aussehende Rettungsschwimmer wies mit einem Nicken auf eine Arbeitsfläche, um Jeff zu signalisieren, er solle die Decke ablegen und sich verziehen, damit sie sich weiter unterhalten konnten.

Da fragte Dennis ihn, ob er der Junge sei, der vor Kurzem einen Mann aus dem Wasser gezogen hatte. Jeff bejahte und sagte, er sei kein Junge. Dennis berichtete den anderen Rettungsschwimmern, was passiert war, und sofort verschwand jegliche Spur von Spott oder Abschätzigkeit aus ihren Gesichtern. Dennis fragte Jeff, ob ihm klar sei, was er da getan hatte, wie außerordentlich selten so etwas vorkam, wie entschlossen und mutig er gehandelt hatte. Seine Kollegen nickten zustimmend. Wenn Jeff nicht gewesen wäre, wiederholte Dennis seine Aussage vom Strand, diesmal aber mit mehr Mitgefühl, hätte der Typ es nicht geschafft.

»Gehts ihm denn gut?«, fragte Jeff.

»Soweit ich gehört habe, ja«, antwortete Dennis, »obwohl ihm die Rippen ein bisschen wehtun dürften.«

»Nur mit gebrochener Rippe springt man dem Tod von der Schippe«, witzelte der Rettungsschwimmer, dem die Haare ausgingen.

»Sagt man das so?«, fragte der Idiot.

»Sollte man.«

Dennis bot Jeff an, ihn nach draußen zu begleiten. Auf dem Weg nach unten fragte Jeff, woher Dennis über den Zustand des Mannes Bescheid wusste.

»Seine Frau hat 'nen Obstkorb geschickt«, grinste Dennis.

»Verheiratet also«, sagte Jeff.

»Ich kann ihm gerne deine Kontaktdaten weiterleiten.«

An diese Möglichkeit hatte Jeff gar nicht gedacht. Klar, Dennis könnte den Mann anrufen und ihm erklären, dass noch jemand in seine Rettung involviert gewesen war. Aber was, wenn der Mann sich nicht an ihn erinnerte? Jeff würde auf den Anruf des Mannes warten, ohne zu wissen, ob er sich jemals melden würde.

»Ich weiß nicht«, meinte Jeff.

»Der Obstkorb war erste Sahne.«

»Lieber nicht, glaube ich«, sagte Jeff.

Dennis warf ihm einen prüfenden Blick zu und bedeutete ihm zu folgen. Sie gingen den Flur im Erdgeschoss in die andere Richtung bis zu einem fensterlosen Abstellraum. Dennis zog die Schublade eines Aktenschranks auf, blätterte durch ein paar Unterlagen und nahm einen Einsatzbericht heraus. Er reichte ihn Jeff.

»Das ist der Typ. Ich überlass es dir.«

Francis Arsenault, mit einer Adresse an der Mandeville Canyon Road. Jeff prägte sie sich ein und gab den Bericht zurück.

Dennis verstaute ihn wieder im Aktenschrank, schloss die Schublade und sah Jeff mit ernster Miene an.

»Diesen Bericht hast du nie gesehen«, sagte er.

Dann führte er Jeff durch eine Garage in den ummauerten Hof voller Pick-ups, Paddleboards, Jetskis und anderer Ausrüstungsgegenstände. Er öffnete eine Tür in einem der großen Fahrzeugtore und dankte Jeff, dass er die Decke zurückgebracht hatte.

»Das macht sonst nie jemand«, sagte er.

8

»Ich hätte die Decke auch behalten«, sagte ich.

Jeff grinste. »Es war nur ein Vorwand. Trotzdem habe ich mich gefreut, dass Dennis sich bedankt hat. Das hat mich in meiner Ansicht bestärkt, dass ich ein anständiger, pflichtbewusster Mensch bin, jemand, der Dinge zurückbringt. Ich hätte es damals nicht in Worte fassen können, aber ich sah mich als einen Menschen, der nichts Schlechtes tun würde. Die Rettungsaktion passte da wohl rein, aber sie schien mir trotzdem in eine andere Kategorie zu gehören, sie kam mir nicht vor wie eine Heldentat. Eher wie eine Aktion, bei der ich keine andere Wahl gehabt hatte. Wie gesagt, Knarre am Kopf. Wenn ich mich als schlechten Menschen gesehen hätte, als regelrecht böse, dann hätte ich einfach weggehen oder zumindest nur zum Telefon auf dem Parkplatz laufen können, wohlwissend, dass es nicht gereicht hätte, dass es zu spät gewesen wäre, dass ich das Schicksal eines Fremden besiegelt hätte. Aber so war ich nicht. Ich war jemand, der Decken zurückbrachte. Ich war ein guter Mensch, davon war ich überzeugt. Vergiss das nicht.«

Warum sollte ich?

Ein Mitarbeiter räumte unsere Bierflaschen ab und teilte uns mit, dass wir uns gerne am Lunch-Buffet bedienen könnten.

Jeff nickte und bedankte sich, machte aber unwillkürlich ein finsteres Gesicht wegen der Störung.

»Ich bin direkt zur Mandeville Canyon Road gefahren«, erzählte er weiter. »Ich wollte nicht lange fackeln. Ich sagte mir, dass ich diesem Francis Arsenault, wer auch immer er ist, die Gelegenheit gebe, seine Geste zu Ende zu bringen. Er sollte sagen, was er zu sagen hatte oder was er versucht hatte, mir mitzuteilen, bevor die Sanis seinen Arm festgebunden und ihn weggebracht hatten. Außerdem wollte ich mich natürlich davon überzeugen, dass es ihm tatsächlich gut ging.«

Jeff hob den Zeigefinger, um sicherzugehen, dass ich ihn ansah.

»Ich sage absichtlich ›ich sagte mir‹, weil – und das ist mir erst später klar geworden, damals hatte ich das noch nicht durchschaut – weil wir offen gesagt unsere wahren Beweggründe nie wirklich kennen. Der Teil unseres Gehirns, der uns Begründungen liefert, schert sich nicht um Wahrheit … nur um Plausibilität.«

Diese Aussage war ihm sehr wichtig, und er sprach erst weiter, als er sicher war, dass ich sie zur Kenntnis genommen hatte.

»An der Mandeville Canyon Road«, sagte er dann, »war eine Baustelle.«

»Die Adresse war falsch?«

»Nein, die stimmte. Ich habe einen der Bauarbeiter angesprochen. Er erzählte mir, dass die Familie vorübergehend woanders etwas gemietet hatte, während das Haus umgebaut wurde. Wobei ›umbauen‹ ein bisschen zu niedlich klingt. Sie haben quasi alles bis auf den Kamin und eine Wand abgerissen, weil sie der Stadt auf diese Weise weismachen konnten, dass es kein Neubau war. Aus einem Haus im Ranch-Stil wurde ein bombastischer moderner Glaskasten.«

»Und konnte der Typ dir sagen, wo Francis wohnte?«, fragte ich.

»Das war nur ein Bauarbeiter. Der kannte nicht mal Francis' Namen.«

»Aber das Haus hätte ja sonst wem gehören können.«

»Genau. Und auf dem einzigen Baustellenschild weit und breit stand nichts als der Name der Baufirma. Aber dann hat plötzlich jemand gehupt.«

»War er das?«

»Nein, nur die Nachbarin. Sie wollte aus ihrer Einfahrt raus und war sauer, dass ich sie in der Eile ein kleines bisschen, maximal zwei Prozent, zugeparkt hatte. Ich habe mich entschuldigt und sie gefragt, ob das Haus wirklich Francis Arsenault gehört. Sie hat mich angeguckt, als wäre ich bescheuert, und gesagt: ›Nee, dem Papst.‹ Ich habe einen Moment gebraucht, um zu checken, dass sie sich über mich lustig macht, und dann ist sie demonstrativ in einem Riesenbogen um mein Auto rumgefahren, was sie auch vorher schon hätte tun können, sogar ohne Bogen, aber anscheinend ging es ihr ums Prinzip.«

»Nette Nachbarschaft«, sagte ich.

»Absolut«, stimmte Jeff zu. Er warf einen Blick über die Schulter auf das mit einem Hustenschutz versehene Buffet. »Holen wir uns einen Happen zu essen, bevor der große Ansturm losgeht.«

Ich hatte ihn bei seiner Geschichte nicht unterbrechen wollen, aber da er das jetzt selbst getan hatte, bot ich ihm an, mich mal nach dem Flug zu erkundigen, denn das war mir schon vor einer Weile in den Sinn gekommen. Jeff versprach, mir etwas vom Buffet mitzubringen.

Am Schalter wartete ich hinter einem Mann mit dunkler Haut, der darauf bestand, ihm sei Zugang zur Lounge versprochen worden. Eine diensteifrige Angestellte mit blonden Haaren und glänzender Haut erklärte ihm, das sei nur ein Irrtum gewesen. Mit ihrer schlanken Figur und dem skandinavischen Aussehen passte sie perfekt zum internationalen Flair der Lounge, als wäre sie in der Luft über dem Nordatlantik zu Hause. Man konnte sich nur schwer vorstellen, dass sie nach der Arbeit in eine Wohnung in Queens zurückkehrte oder dass sie überhaupt ein Privatleben hatte. Der Mann, der sich mit ihr stritt, ein Schwachkopf mit zerknittertem Anzug und unbestimmbarem Akzent, verlangte einen Vorgesetzten zu sprechen. Sie verschwand hinter einer Trennwand und kehrte wenig später mit einem großen, eleganten Mann in Uniform zurück, der genauso gut ein Pilot hätte sein können. Er führte den aufgebrachten Mann ein Stück zur Seite, damit die Frau sich um mich kümmern konnte. Auf ihrem Namensschild las ich *Director of Operations*; auf seinem Schild stand kein Jobtitel. Sie war die Vorgesetzte, aber sie hatte beschlossen, ihre Autorität vor dem Kunden nicht auszuspielen. Stattdessen hatte sie in einer Art Dienstleistungs-Jiu-Jitsu einfach einen männlichen Kollegen herangeholt. Und tatsächlich – während ich mich bei ihr nach meinem Flug erkundigte, erzählte der Angestellte dem Kunden im Prinzip dasselbe, was sie ihm vorher mitgeteilt hatte, aber der Kunde nahm es auf, als hörte er es zum ersten Mal.

Ich hätte Saskia, so lautete der Name auf ihrem Schild-chen, gerne zu verstehen gegeben, wie bedauerlich ich diesen Vorfall fand und dass ich trotz meiner Bewunde-rung für ihre diplomatische Vorgehensweise dem anderen Kunden gern die Leviten gelesen und ihm erklärt hätte, dass sie diejenige war, die hier die Entscheidungen traf, dass sein Schicksal in Wahrheit in ihrer Hand gelegen hatte. Aber das Lächeln, mit dem sie mich begrüßte, verriet kei-nerlei Frust, kein Gefühl von Sieg oder Niederlage, es lag nicht der geringste Nachklang des kleinen Dramas darin, das sich soeben abgespielt hatte, und vor allem keine Ein-ladung zu irgendwelchen plumpvertraulichen Bemerkun-gen. Sie sah mich an, als wäre die gesamte Vergangenheit in exakt dieser Sekunde ausradiert worden, und ihr Lächeln, ihr gut gelauntes »Was kann ich für Sie tun?« hätte ebenso gut der Urknall sein können. Ich holte meine Bordkarte aus der Tasche und erkundigte mich nach dem Flug. Sie blickte kurz auf die Karte und tippte mit schnellem Klick-klack auf ihrer Tastatur herum. Als sie mit gespitzten Lip-pen die Informationen auf dem Bildschirm studierte, ahnte ich schon, dass es keine guten Neuigkeiten gab.

»Immer noch verspätet«, sagte sie, »aber es kann sich jederzeit was tun.«

Ich fragte sie nach dem Grund.

»Eyjafjallajökull«, erwiderte sie ohne das geringste Sto-cken. »Er macht mal wieder Ärger. Angeblich nicht so schlimm wie im April, aber wer weiß das schon?«

Ich war immer noch damit beschäftigt, das erste Wort zu begreifen.

»Der Vulkan«, erklärte sie.

In ihrem Blick glomm ein Fünkchen Belustigung, eine perverse Freude über die Wechselfälle des Reisens, die Dinge, die sich nicht ändern lassen, das Schicksal, dem die Götter uns schon vor langer Zeit hilflos ausgeliefert hatten. Es war dasselbe Leuchten wie in den Augen des Polizisten, der einen verschneiten Pass sperrt, des Anwohners, der einem mitteilt, dass man hier nicht durchkommt, des Mechanikers, der einen informiert, dass man mit diesem Auto heute nirgendwo mehr hinfährt.

Sie versprach mir, bei Neuigkeiten eine Durchsage zu machen.

Damit war unsere Unterhaltung beendet, und sie setzte ihr Begrüßungsgesicht für den Fluggast hinter mir auf.

Als ich zu unserem Tisch zurückkehrte, türmte sich auf lauter kleinen Tellerchen ein Festmahl, und an meinem Platz stand ein alkoholfreies Bier. Jeff hielt ein Glas mit einem durchsichtigen Cocktail in der Hand und bedeutete mir, mich zu setzen. Wieder fühlte ich mich wie ein Gast, der sich von einem großzügigen Gastgeber verwöhnen ließ. Ich fragte mich, ob er einfach nur freundlich sein wollte, ob er das immer so machte, oder ob vielleicht eine Absicht dahintersteckte. Er erklärte, zum Glück sei er einer der Ersten am Buffet gewesen, die guten Sachen seien jetzt schon fast abgegrast. Er hatte uns Käse, Cracker, Oliven, ein Souffléförmchen mit Kaviar oder anderem Fischrogen, ein kleineres Förmchen mit irgendeiner Creme, ein paar Mini-Sandwiches und eine Schale voll Obstsalat besorgt.

»Am Buffet kann ich mich nie beherrschen«, sagte er. »Und dass ich Essen für zwei geholt habe, hats nicht besser gemacht.«

Ich berichtete vom Vulkan.

»Man sollte denken, sie könnten einfach drüberfliegen«, meinte er. »Aber egal. Wo war ich stehengeblieben? Ach ja, die Baustelle im Mandeville Canyon.«

Ich griff nach einem kleinen Gurken-Frischkäse-Sandwich. Eigentlich hatte ich gar nichts essen wollen, aber als ich hineinbiss, merkte ich plötzlich, dass ich einen Riesenhunger hatte.

9

Jeff bestrich einen Cracker mit Creme und löffelte einen Klacks Rogen darauf. Er widmete diesem kleinen Kunstwerk seine ganze Aufmerksamkeit, als wollte er mit dem Snack die Jury einer Kochshow überzeugen. Zufrieden mit dem Ergebnis, schob er es sich als Ganzes in den Mund, kaute und sah mich mit hochgezogenen Augenbrauen an.

»Ich bin dann zum Haus des Schauspielers zurückgefahren«, erzählte er weiter, nachdem er das Häppchen mit einem Schluck von seinem Cocktail hinuntergespült hatte, »und habe nach einem Telefonbuch gesucht, weißt du noch, Telefonbücher? Kein Francis Arsenault. Entweder er stand nicht drin – gut möglich bei jemandem, der sich eine Villa im Mandeville Canyon leisten kann – oder das Telefonbuch galt nicht für diese Ecke der Stadt.«

»Ein einziges Telefonbuch für die ganze Stadt wäre so groß gewesen wie ein kleiner Kühlschrank.«

»Stimmt. Aber ich hatte noch einen Trick auf Lager. Ich hatte doch diesen Job, die Sache mit dem Online-Stadtführer. Damals lief das ja noch alles über Modem, und weil ich von meinem Boss eines bekommen hatte, besaß ich einen Zugang zum gerade entstehenden World Wide Web, wie man es damals nannte. Also machte ich, was heutzutage jeder als Erstes machen würde –«

»Eine Internetsuche.«

»Genau. Ich habe mit Yahoo angefangen, weil die sich angeblich für unsere Firma interessierten, deshalb fühlte ich mich ihnen irgendwie verbunden. War aber nur ein Gerücht; ich weiß gar nicht, was später aus der Stadtführer-Seite geworden ist. Aber Yahoo hat was ausgespuckt. Im Handumdrehen hatte ich die Info, dass es im Camden Way in Beverly Hills ein Unternehmen namens ›Francis Arsenault Fine Art‹ gab.«

»Eine Galerie?«

Jeff lachte. »Ich vermute mal, du hast noch nie von ihm gehört, und das ist auch nicht schlimm, aber ich kann dir versichern, damals war er so bekannt wie Arne Glimcher oder Larry Gagosian.«

»Okay, die sagen mir was«, meinte ich.

»Bekannte Namen – zumindest in den entsprechenden Kreisen. Im Nachhinein finde ich es natürlich sehr amüsant, dass ich nie von ihm gehört hatte, dass mir sein Name vollkommen unbekannt war, als ich ihn auf dem Bericht gelesen habe. Aber so ist das einfach, oder? Sobald wir was Neues erfahren, können wir uns schon nicht mehr vorstellen, dass wir es mal nicht gewusst haben. Jeden Tag, jede Minute überschreiten wir aufs Neue den Rubikon. Es gibt kein Zurück. Die Zeit, in der dieser Name mir nichts gesagt hat, kommt nie wieder. Nicht mal in meiner Fantasie. Der Nadelstich der Realität lässt alle Blasen platzen.«

Er tat so, als würde er mit seinem kleinen Kaviarlöffel in einen Ballon stechen.

»Am nächsten Nachmittag bin ich hin«, fuhr er fort. »Zuerst habe ich es gar nicht gefunden. Ich hatte keine

Ahnung, wie es aussehen würde. Ich hatte mir einen engen Laden mit dunklem Holz vorgestellt, alte Gemälde im Schaufenster, aber es war ein großer weißer Kasten zwischen zwei Bürogebäuden, und draußen stand nichts dran als die Adresse. Erst als ich den alten Volvo in einem Parkhaus auf der anderen Straßenseite abgestellt hatte und direkt vor der breiten Milchglasfassade stand, habe ich das Schild entdeckt. *FAFA Gruppenausstellung.* Man konnte es nur durch einen schmalen Streifen Klarglas sehen. Ein winziger Schlitz in dieser satinierten Wand. Ich weiß noch, dass ich gedacht habe, so kann das Geschäft doch nicht laufen – woher sollte man wissen, was sich hier befand?

Die Tür – normal groß und aus klarem Glas – stand einen kleinen Spalt offen. Ich habe auf dem Bürgersteig gestanden und überlegt, ob ich reingehen soll. Wen hätte ich angetroffen? Francis? Nein, er wäre bestimmt nicht im Eingangsbereich gewesen. Einen Mitarbeiter am Empfang. Ich hätte wahrscheinlich erst mal nach Francis fragen müssen. Und wenn er dann von irgendwo aufgetaucht wäre und vor mir gestanden hätte … was dann? Was hätte ich dem Mann sagen sollen?«

»Ich habe Ihr Leben gerettet?«

Jeff schüttelte den Kopf. »Siehst du, genau das war das Problem. Es sollte ja nicht so aussehen, als wollte ich mir irgendeine Belohnung abholen. Wenn Francis sich dann bei mir bedankt hätte, wäre es nicht anders gewesen als bei einem Kind, das man dazu aufgefordert hat.«

»Was ist so schlimm daran, sich eine Belohnung abzuholen?«, fragte ich.

»Es erschien mir nicht richtig. Platt gesagt, ein guter Mensch würde so was nicht machen. Man rettet doch nicht jemandem das Leben, um hinterher eine Belohnung zu kriegen. Ich jedenfalls tat das nicht. Außerdem hatte ich ja nicht mal das Gefühl, eine Wahl gehabt zu haben. Und deshalb sollte es auch nicht so aussehen.«

»Warum hast du dann überhaupt nach ihm gesucht?«

»Glaub mir, die Frage habe ich mir auch gestellt. Ich stelle sie mir immer noch.«

»Um mit der Sache abzuschließen?«

»Was, hier?«

»Nein, ich meine, warum du nach ihm gesucht hast. Um dein traumatisches Erlebnis am Strand hinter dir zu lassen.«

Er überlegte. »Ja, das hätte mir damals eingeleuchtet.«

»Und jetzt?«

Er hob die Hand. »Warte ab.«

»In Ordnung. Bist du reingegangen?«

»Ich bin zurück auf die andere Straßenseite. Neben dem Parkhaus war ein nettes kleines Café mit Tischen auf dem Bürgersteig. Ich bin rein und habe die Frau hinter der Theke gefragt, ob ab und zu mal Leute aus der Galerie rüberkämen. Sie sagte, die würden ständig aufkreuzen. Sie bräuchten immer mal was Leckeres, meinte sie, wenn sie da so den ganzen Tag zwischen ihren langweiligen Kunstwerken hockten.

Also habe ich mich mit meinem Americano an einen Zweiertisch auf dem Bürgersteig gesetzt und gewartet. Vielleicht würde Francis ja irgendwann über die Straße kommen. Was ich dann machen würde, hatte ich mir nicht überlegt, aber es erschien mir besser, als reinzugehen und nach ihm zu fragen. Wenn er zu mir käme, wäre es etwas anderes, eher eine Zufallsbegegnung. Ich weiß noch genau, wie ich dagesessen und gewartet habe, während die Nachmittagsschatten langsam über die Straße zogen. Irgendwann erreichten sie den Bürgersteig auf der anderen Seite, aber die Galerie glänzte immer noch weiß in der Sonne. Wie hielten sie das Ding bloß so sauber? Ich habe ewig gewartet, aber niemand ist durch diese Tür gegangen. Wieder habe ich mich gefragt, wie so ein Laden ganz ohne Laufkundschaft überleben konnte.

Ab und zu habe ich drinnen eine Bewegung wahrgenommen. Man konnte so gerade eben eine Trennwand erkennen mit einer Lücke, in der eine Empfangstheke stand. Von dieser Theke aus konnte man die Galerie hinter der Trennwand überblicken und gleichzeitig sehen, wer von draußen durch die Tür kam. Manchmal erschien dort eine Person, aber kein Francis. Das Licht wurde weicher, und die Schatten krochen die Fassade hinauf. Ich bestellte noch einen Americano. Meine Gedanken drehten sich im Kreis. Irgendwann kam mir die Idee, dass ich mit einer Belohnung einen ganz guten Reibach machen könnte. Das Haus im Mandeville Canyon und die Galerie ließen keinen Zweifel, dass Francis Arsenault ein wohlhabender Mann war. Was, wenn er meine Kreditkartenschulden begleichen würde? Aber ich habe den Gedanken wieder verdrängt. Darum ging es hier nicht. Und wenn doch, war es nicht an mir, darüber zu entscheiden. Ich konnte nur dafür sorgen, dass Francis mir begegnete, und dann musste ich den Dingen ihren Lauf lassen.«

»Du hast gedacht, er würde dich wiedererkennen.«

»Warum nicht? Dann hätte ich ihn nicht daran erinnern oder fragen müssen oder einen Dank einfordern. Ich musste ihm doch wenigstens die Gelegenheit geben, mich noch einmal zu sehen.

Als die Schatten schon das ganze Gebäude verschluckt hatten, habe ich plötzlich hinter dem Milchglas eine Gestalt bemerkt, die vor der Trennwand durch die Galerie schritt. Es war ein Mann, aber ich konnte natürlich nur seine Silhouette sehen, nicht sein Gesicht. Er ging langsam und bedächtig, als würde er einen Bücherstapel auf dem Kopf tragen. Als er an der Glastür stand, erkannte ich ihn.«

10

Francis Arsenault sah anders aus als am Strand, mit ge-
kämmten Haaren und einer kleinen Metallbrille, die weit
unten auf der Nase saß. Aber da war dasselbe hängende
Augenlid, dieselbe sportliche Figur, derselbe Bartschatten,
derselbe Mund, dem Jeff neues Leben eingehaucht hatte.

Francis drückte die Tür nicht auf. Stattdessen drehte er
sich um und sprach mit jemandem durch die Lücke in der
Trennwand. Dann wandte er den Blick zum anderen Ende
der Galerie, von wo aus eine Person auf ihn zumarschierte.
Eine große junge Frau mit hochhackigen Schuhen trat an
ihm vorbei und hielt die Tür auf. Sie reichte ihm eine
schmale Reißverschlussmappe. Hatte er sie gerufen, damit
sie ihm die Mappe brachte oder damit sie ihm die Tür auf-
hielt – oder beides?

Mit demselben ruhigen Gang, der Jeff schon an seiner Silhouette aufgefallen war, bewegte Francis sich jetzt
gemächlich den Bürgersteig entlang. Von der gegenüberliegenden Straßenseite war nicht zu erkennen, ob er Schmerzen hatte. Taten ihm die Rippen noch weh? Mussten sie
ja wohl. Aber er war zur Arbeit erschienen.

Jeff hastete auf seiner Seite der Straße in Richtung
Brighton Way und behielt Francis im Auge. Es war nicht
schwer, ihn einzuholen. Jeff nahm sich vor, am Ende des
Blocks die Straße zu überqueren, sodass er vor Francis wäre,

dann könnte er umkehren und ihm wie zufällig begegnen. Aber die Ampel machte ihm einen Strich durch die Rechnung, und es war zu viel Verkehr, um zwischen den fahrenden Autos hinüberzugehen. Als die Fußgängerampel grün wurde, eilte Jeff, so schnell es ohne zu rennen möglich war, diagonal über die Kreuzung. Francis war schon vorbei und ging weiter die Straße entlang. Jeff blieb hinter ihm. Vielleicht war Francis mit jemandem auf einen Drink verabredet. Eine Bar würde sich perfekt für ein zufälliges Treffen eignen. Viel besser, als sich auf dem Bürgersteig in die Arme zu laufen. Aber Francis ging nicht in eine Bar, sondern in ein Geschäft. Erst als Jeff direkt davorstand, sah er, was es war – eine winzige Dessous-Boutique mit einem französischen Namen. Er folgte Francis nicht in den Laden, huschte aber in das Geschäft nebenan, einen Geschenkeshop voll mit edlem und absurd teurem Schnickschnack.

Die Inhaberin, eine stämmige Frau mit weinrotem Lippenstift und platinblondem Bob, fragte ihn, ob sie ihm helfen könne, und als er sagte, er wolle sich nur umsehen, schien es ihm, als würde sie eine Augenbraue hochziehen. Er drückte sich zwischen chinesischen Vasen und Briefbeschwerern aus Kristall herum, behielt dabei aber die ganze Zeit den Bürgersteig vor dem Laden im Auge.

Von hier aus würde er es nicht verpassen, wenn Francis das Geschäft nebenan verließ. Jeff ging davon aus, dass er nach seinem Einkauf in die Galerie zurückkehren würde, schließlich war es noch vor Feierabend. Die Ladenbesitzerin stand in höflicher Entfernung bereit. Jeff besah sich das Preisschild an einem Keramikelefanten. Achttausend Dollar. Er hatte nicht mal ansatzweise so viel Geld.

Jetzt kam die Besitzerin näher; entweder glaubte sie in ihm doch einen potenziellen Kunden zu erkennen, oder sie wollte ihn beim Befingern der Preisschilder genauer im Auge behalten. Sie trug eine Art schwarzen Seidenschlafanzug. Ungefragt erzählte sie ihm, woher der Elefant stammte, dass die Werkstatt jedes Jahr nur eine limitierte Anzahl dieser Figuren herstellte und dass sowohl Nancy Reagan als auch Michael Jackson kürzlich einen gekauft hatten, wobei sie leider nicht wusste, ob für sich selbst oder als Geschenk.

In diesem Moment trat Francis mit einer Papiertüte in der Hand auf die Straße. Jeff wollte die Ladenbesitzerin nicht unterbrechen, aber er musste jetzt die Verfolgung wieder aufnehmen. Schnell dachte er sich eine Entschuldigung aus – seine Mutter sei auf der Suche nach einem Elefanten, und er werde sie auf jeden Fall vorbeischicken. Als er aus dem Laden trat, war Francis schon rasch und zielstrebig dreißig Meter weitergegangen, und zwar in dieselbe Richtung wie zuvor, weg von der Galerie.

Wo ging er hin? Vielleicht besaß er einen Parkplatz in irgendeiner Tiefgarage in dieser Straße. Es war ja unwahrscheinlich, dass er mit seinem Kauf aus dem Dessousgeschäft auf dem Weg zu einer Bar war.

Am Wilshire Boulevard blieb Francis an der roten Fußgängerampel stehen. Wohnte er vielleicht im Viertel südlich des Wilshire? Wäre doch gut möglich, dass er eine Wohnung in der Nähe der Galerie gemietet hatte, während das Haus umgebaut wurde. Vielleicht brachte er seiner Frau ein kleines Geschenk mit nach Hause.

Jeff holte Francis ein und blieb fast neben ihm stehen. Er hätte ihm auf die Schulter tippen können. Außer einer Frau, die ein paar Schritte entfernt stand, wartete sonst niemand an der Ampel. Ihm war bisher gar nicht aufgefallen, wie klein Francis war, fast einen Kopf kleiner als er selbst. Er wusste, dass Francis ihn aus dem Augenwinkel sehen konnte, denn er hatte den Kopf kurz nach links gewandt, um sich zu vergewissern, ob Jeff Freund oder Feind war. Es war nur ein flüchtiger Kontrollblick gewesen, nicht lang genug, um Jeff wiederzuerkennen, nur um ihn auszusortieren. Jemand mit Jeffs Aussehen – lange Haare, Jeans, T-Shirt – war in Francis' Welt ausschließlich Hintergrund, Atmosphäre, wie man im Filmgeschäft sagte.

In der Einkaufstüte befand sich eine elegant verpackte Geschenkbox.

Während rechts und links auf den verstopften Straßen Autos hupten und Motoren ungeduldig aufheulten, überquerten sie den Wilshire Boulevard. Jetzt hatten sie das gemütliche Einkaufsviertel hinter sich gelassen, hier blies ein rauerer Wind, und die Begegnungen waren anonymer. Obwohl Jeff langsam ging, musste er immer wieder stehen bleiben und so tun, als würde er sich ein Schaufenster ansehen, um Francis nicht zu überholen. Ab und zu atmete Francis zischend aus und änderte seine Haltung ein wenig. Die Rippen. Jeff war drauf und dran, sich bei dem armen Mann zu entschuldigen, schließlich war es seine Schuld, dass Francis sich nur unter Schmerzen bewegen konnte. Aber – entschuldigen? Er fing sich wieder. Wenn er nicht gewesen wäre, würde der Kerl sich jetzt überhaupt nicht mehr bewegen, sondern nur noch die Radieschen von unten angucken.

Sie erreichten ein großes Gebäude mit gestreiften Markisen über den Fenstern zur Straße. Winzige, perfekt geschnittene Hecken, Steinsäulen, eine reich verzierte Fassade. Eine riesige amerikanische Flagge an einem schrägen Fahnenmast, flankiert von den Flaggen anderer Nationen. Vor der Tür ein dicker schwarzer Mercedes. In einem so luxuriösen Hotel war Jeff noch nie gewesen, und trotzdem hatte er das Gefühl, es zu kennen. Wahrscheinlich hatte er es in einem Film gesehen, aber er wusste nicht mehr, in welchem.

Der Portier öffnete die Tür und begrüßte Francis. Jeff glaubte sich unauffällig hinter ihm hineinschleichen zu müssen, aber zu seiner Überraschung hieß der Portier ihn ebenso freundlich willkommen.

Die Lobby bestand zur Hälfte aus einem Restaurant, und weil er sich Francis schon in einer Bar vorgestellt hatte, erwartete Jeff, dass er sich an einen Tisch führen lassen würde. Aber Francis stellte sich an die Rezeption.

Jeff umrundete die Lobby und warf ab und zu einen Blick auf die Uhr, als würde er auf jemanden warten. Er versuchte, lässig auszusehen, obwohl er sich in diesem Luxustempel vollkommen fehl am Platz fühlte. (Im Rückblick amüsierte ihn das. Heute würde er niemals dort absteigen und es auch keinem seiner Kunden empfehlen. Verblasster Ruhm, von einer Hotelkette aufgekauft, Nullachtfünfzehn-Zimmer. Ein echtes Touristenhotel, berühmt dank *Pretty Woman* – daher kannte er es nämlich.)

Er setzte sich auf eine Bank zwischen den Fahrstühlen und beobachtete Francis, der sich hinter einem anderen

Gast angestellt hatte. Francis sah sich nicht um und schien nur auf die Leute zu achten, die vor ihm eincheckten. Er strahlte die Ungeduld eines Menschen aus, der in der Schlange an der Supermarktkasse warten muss, weil der Kunde vor ihm umständlich sein Scheckbuch zückt oder, schlimmer noch, in seinem Portemonnaie nach dem passenden Kleingeld wühlt.

Als Francis endlich an der Reihe war, nannte er seinen Namen und bekam sofort einen Schlüssel in die Hand gedrückt. Kein Führerschein, keine Kreditkarte, keine Unterschrift. Er wandte sich zu den Fahrstühlen und kam direkt auf Jeff zu. Jeff sah wieder auf die Uhr, diesmal, um Francis auf sich aufmerksam zu machen, aber das funktionierte nicht. Francis wirkte geistesabwesend. Er drückte mehrmals auf den Knopf nach oben und trat einen Schritt zurück. Jeff saß direkt vor ihm, und trotzdem war Francis in einem anderen Universum. Sein Blick hing an der Etagenanzeige über den Fahrstuhltüren.

Aus dieser Nähe sah Jeff, wie Francis' Brust sich mit jedem Atemzug hob. Er betrachtete Francis' Kleidung. Sie war unverkennbar von hoher Qualität, aber keineswegs protzig. Dasselbe galt für seine Armbanduhr. Jeff hatte nicht viel Ahnung von Uhren, aber diese zeichnete sich eindeutig durch elegantes Understatement aus.

Francis wollte nach oben, in ein Zimmer, sein Zimmer, in dem er vielleicht schon einmal gewesen war. Oder ein Zimmer, in dem er wohnte, während sein Haus umgebaut wurde. Aber das wäre unbezahlbar. Und dann war da ja noch die Sache mit den Dessous. Der exquisiten Verpackung nach handelte es sich um ein Geschenk.

Francis stand stocksteif da, als könnte ihn das unsichtbar machen. Er hielt den Blick starr auf die Anzeige gerichtet, auf der die Etagen herunterzählten. Aber warum sollte er sich beobachtet fühlen? Machte Jeffs Anwesenheit ihn nervös?

Da fiel es Jeff wie Schuppen von den Augen. Es war offensichtlich. Francis benötigte die Verschwiegenheit und Anonymität eines Hotels, in dem er sich auf die Diskretion der Angestellten verlassen konnte. Er hatte eine Affäre.

Mit einem Ping öffnete sich die Fahrstuhltür. Jetzt bemerkte Francis den langhaarigen jungen Mann auf der Bank, und ihre Blicke trafen sich. Was sah Jeff in diesen Augen? Er konnte nichts darin lesen. So kalt wie der Blick der Möwe am Strand. Dann verschwand Francis im Fahrstuhl.

Hätte er einen dümmeren Moment wählen können, um sich zu zeigen? Er war so sehr damit beschäftigt gewesen, Francis auf den Fersen zu bleiben, dass er bis zu dieser entscheidenden Sekunde an nichts anderes gedacht hatte.

Vorerst tröstete er sich mit dem Wissen, dass Francis ganz eindeutig am Leben war. Er konnte beruhigt sein, er hatte Erfolg gehabt. War es nicht egal, ob Francis ihn wiedererkannte, solange Jeff nur wusste, dass er diesem Mann tatsächlich das Leben gerettet hatte? Er brauchte keine Anerkennung. Er war ihr ja sogar aus dem Weg gegangen. Er hatte getan, was jeder Mensch getan hätte – jeder gute Mensch –, ohne dafür eine Belohnung zu erwarten. Er hatte es geschafft, und er hatte sich davon überzeugt, dass es Francis gut ging – genau das war der Grund, so sagte er sich, dass er ihn ausfindig gemacht hatte –, und jetzt konnte er sein Leben weiterleben und Francis ebenso. Die Sache war abgeschlossen.

Jeff beobachtete die Menschen in der Lobby. Es war früher Abend, die Zeit der Feierabenddrinks, und immer mehr Gäste strömten ins Restaurant. Manche waren Touristen, aber die meisten sahen aus, als hätten sie den ganzen Tag am Schreibtisch gesessen. Ab und zu kamen einzelne Leute oder Paare oder kleine Grüppchen zu den Fahrstühlen, stellten sich vor Jeff und warteten, bis die Türen aufgingen. Flüchtige Blicke hier und da, aber niemand nahm ihn wirklich wahr.

Es stiegen auch einige Frauen, die allein unterwegs waren, in die Fahrstühle. Ob eine von ihnen sich mit Francis traf? Vielleicht die Brünette, Mitte vierzig, die wie für eine Gartenparty gekleidet war? Oder die Blonde mit dem ernsten Blick, deren Alter er nicht recht einschätzen konnte? Die junge Frau Anfang zwanzig mit beigem Pulloverkleid, Stiefeln und knallrotem Lippenstift? Andererseits hätte die Person, mit der Francis sich traf, auch schon längst im Zimmer sein können.

Jeff war Francis so nah gewesen, nur Zentimeter entfernt, aber sie hätten sich genauso gut auf unterschiedlichen Kontinenten befinden können. Francis hatte ihn angesehen. Ein Francis, der nur seine Verabredung im Kopf gehabt hatte. War Jeff ihm auch nur ein winziges bisschen bekannt vorgekommen? Fragte Francis sich jetzt oben in seinem Zimmer, wer dieser schlampig gekleidete Typ gewesen war? Wäre es andersherum gewesen, hätte Jeff den Mann, der ihm das Leben gerettet hatte, mit Sicherheit

erkannt. Er hätte auf der Suche nach ihm jeden Stein um-
gedreht. Dieser Blick von Francis am Strand, seine Geste,
vom Sanitäter gestoppt … irgendwo in Francis' Kopf, in
den neuronalen Verknüpfungen seines Hirns schlummerte
ganz bestimmt die Erinnerung, das Bild von Jeffs Gesicht.

11

»Glaubst du wirklich?«

»Er hat den Arm gehoben, er hat mir in die Augen gesehen. Das konnte er nicht vergessen haben. Er musste mein Gesicht irgendwo abgespeichert haben, oder?«

»Ich bin kein Neurologe.«

»Ich natürlich auch nicht. Aber ich habe darüber nachgedacht. Hast du dich schon mal an etwas erinnert, wovon du dachtest, du hättest es längst vergessen?«

»Na klar.«

»Das ist ein Labyrinth da drinnen.« Er tippte sich an den Kopf. »Und irgendwo in Francis' Labyrinth lag die Erinnerung an mein Gesicht, da bin ich mir ganz sicher. Ob er auf sie zugreifen konnte, kann ich dir allerdings nicht sagen.«

»Aber es ging ihm gut, er war am Leben, er war gesund.«

»Ja.«

»Dann waren deine Fragen doch beantwortet, oder?«

Er griff nach dem Rogen, aber das Schüsselchen war leer. Also nahm er stattdessen einen Karottenstick. Ein Kellner kam vorbei und räumte unsere Teller ab.

»Na ja, es war dann so«, sagte er. »Ich habe mein Auto geholt und mich im Schneckentempo auf dem Sunset durch den Verkehr nach Hause gequält. Dabei habe ich die ganze Zeit versucht, mir einzureden, dass es vorbei ist, endgültig vorbei.«

»Tja, das hätte ich auch gesagt.«

»Aber ich wäre am liebsten meinem Vordermann an die Stoßstange gefahren. Für wen hielt sich dieser Typ, dieser Francis Arsenault, dass er nicht begriff, was ich für ihn getan hatte? Ich hatte ihm ein neues Leben geschenkt.«

»Du warst sauer auf ihn?«

»Er war tot da am Strand. Mausetot.« Jeff hielt inne, um sicherzugehen, dass ich ihn verstanden hatte.

»Er hat Glück gehabt, dass du da warst«, sagte ich.

»Genau!« Er wurde auf einmal laut. »Was, wenn ich nicht da gewesen wäre?«

»Warst du aber.«

Er atmete tief durch und sah nachdenklich aus dem Fenster.

»Ich habe mir überlegt, dass er gar keine richtige Chance gehabt hatte, mich wiederzuerkennen. Wieso hätte er aus der hinterletzten Ecke seines Hirns die Erinnerung an mein nasses Gesicht hervorkramen sollen? Und es zusammenbringen mit meinem Auftauchen im Hotel, mit trockenen Haaren, weit weg vom Strand? Also, wenn er mehr Zeit gehabt hätte und ein paar Hinweise, dann vielleicht, aber so hatte er natürlich keine Chance.«

»Aber vielleicht war das besser«, meinte ich, »angesichts der Umstände.«

»Ja, das habe ich mir auch gedacht.«

»Du hast die Sache also abgehakt. Oder hast du noch mal eine Begegnung eingefädelt? Und dir vorher die Haare nass gemacht?«

»Witzig, dass du die Haare erwähnst. Nein. Ich habe sie abgeschnitten.«

»Was?«

»Ich bin am nächsten Tag zufällig an einem Friseurladen vorbeigekommen. Bin rein und hab dem Typen gesagt, er soll sie abschneiden, komplett. Er hat mir die George-Clooney-Frisur aus *ER* verpasst. Caesar-Schnitt mit kurzem Pony.«

»Einfach aus einer Laune heraus?«

»Ich wollte einen Neuanfang. Mit der Trennung von G war ein Kapitel meines Lebens zu Ende gegangen, und die alte Mähne loszuwerden, war für mich der passende Abschluss. Eine Rasur und ein neuer Haarschnitt wirken Wunder, davon bin ich heute noch überzeugt. Und die Veränderung war wirklich krass. Der ganze Liebeskummer ist mit den Haaren von mir abgefallen. Mehr oder weniger jedenfalls. Ich sehe den Friseur noch vor mir, wie er die Büschel zusammenfegt.«

»Aber danach war es doch noch viel unwahrscheinlicher, dass Francis dich wiedererkannte.«

Er streckte den Zeigefinger in die Höhe. »Ich hatte es mir anders überlegt. Nachdem ich über den Ärger, die Entrüstung oder was auch immer hinweg war, habe ich beschlossen, dass ich gar nicht unbedingt wiedererkannt werden wollte. Für mich war etwas anderes in den Vordergrund gerückt. Ob ich Anerkennung bekam oder nicht – das war nur ichbezogen. Die interessante Frage lautete doch: Wer war dieser Mann, dem ich das Leben gerettet hatte?«

12

Diese Frage, fuhr er fort, ließ ihn nicht mehr los und gab ihm neuen Schwung. Und der Haarschnitt ebenso. Er putzte das Haus, kaufte vernünftige Lebensmittel ein und nahm die Arbeit an der Stadtführer-Webseite wieder auf. Am liebsten sah er sich die Suchanfragen der Nutzer an, und dabei kam ihm ein wichtiger Gedanke. Wenn man erfolgreich sein wollte, egal in welchem Bereich, musste man vor allem die richtigen Fragen stellen. Ein Maler zum Beispiel, der bei seiner Arbeit immer nur überlegt: »Ist das schön? Ist das schön?«, stellt sich damit eventuell, ohne es zu merken, die falsche Frage. Denn möglicherweise strebt er nach einer Eigenschaft, die eigentlich überhaupt nichts mit seinem Werk zu tun hat, und geht deshalb vollkommen in die Irre.

Die Frage, die Jeff jetzt beschäftigte und die ihm in den Sinn gekommen war, als seine Haare beim Friseur auf den Fußboden fielen oder vielleicht schon vorher, war umfassend, offen, groß. Er beschloss, auf altmodische Weise nach Antworten zu suchen, und kehrte zu seiner – *unserer* – Alma Mater zurück, um herauszufinden, ob es in den Archiven der Universitätsbibliothek irgendwelche Informationen gab, sei es auf Papier oder elektronisch, auf Mikrofilm oder Mikrofiche.

Er fand Folgendes: eine Hochzeitsanzeige in der *New York Times*, einige Artikel aus der gleichen Zeitung mit

Zitaten von Francis über Rekordumsätze in Auktionshäusern (die Summen verschlugen Jeff den Atem), ein Interview in einem Alumni-Magazin über seinen Berufsstart, ein Porträt im Magazin der *Los Angeles Times*, Einträge in verschiedenen Who's-Who-Verzeichnissen, Gerichtsakten von Zivilprozessen und ein Interview in einem Finanzmagazin über den Kauf von Werken sogenannter Blue-Chip-Künstler zur Absicherung gegen Korrekturen am Aktienmarkt. Außerdem wurde Francis in einigen Künstlerporträts verschiedener Zeitschriften zitiert, meist in Form von werbewirksam herausgehobenen Zitaten.

Jeff kopierte und druckte alles aus, was er über Francis Arsenault finden konnte. Dann ging er nach Hause, kochte sich einen Kaffee und begann, sich durch die Unterlagen zu arbeiten.

13

Erstens, fand Jeff heraus, war Francis Arsenault gar nicht
sein richtiger Name. Er war 1950 als Frank Busse in Colum-
bus, Ohio, geboren worden und hatte eine ziemlich unge-
wöhnliche Kindheit gehabt. Sein Vater, Klaus, war Anwalt
für Arbeitsrecht und Arbeiteraktivist gewesen, und wegen seiner Jobs war die Familie oft umgezogen. In Colum-
bus lebten sie damals nur, weil Klaus versucht hatte, in
der Senatswahl jenes Jahres Robert Taft aus dem Amt zu
drängen.

Der alte Klaus hielt sich nie für etwas Besseres als
die Arbeiter, die er vertrat, und deshalb hatte die Familie
Busse trotz ihres Vermögens immer in einfachen Ge-
genden gewohnt. Frank war mit den Arbeiterkindern zur
Schule gegangen. Sein Vater war der Überzeugung, alle
Menschen sollten gleich behandelt werden. Franks Klas-
senkameraden sahen das allerdings anders. Dass sein Vater
auf der Seite ihrer Väter stand, interessierte sie nicht. Jeden Tag musste Frank sich gegen sie zur Wehr setzen. In
mehreren Interviews war zu lesen, diese »lebendige Kindheit« habe ihn gegen Einschüchterungsversuche immun
gemacht.

Sein Großvater Alois Busse, dessen Erfolge als Indus-
trieller Klaus sein Leben lang eifrig bekämpfte, starb, als
Frank zwanzig war, und hinterließ den Großteil seines

Vermögens seiner dritten Ehefrau, einer dreißig Jahre jüngeren Turniertänzerin aus Florida. Um aber seinen Enkel über das Leben, das sein Sohn ihm aufgezwungen hatte, hinwegzutrösten, vermachte Alois dem jungen Frank seine gesamte Kunstsammlung. Ein Dutzend moderne Werke europäischer Künstler, darunter einen Picasso, einen Braque und eine Handvoll deutscher Maler, von denen Frank noch nie etwas gehört hatte. Eine kleine Skulptur von Henry Moore und ein Drahtporträt von Calder, das angeblich Alois selbst darstellte. An dieses Werk konnte Frank sich noch von einem seiner seltenen Besuche in der Wohnung des Alten in New York erinnern. Es wurde von unten angestrahlt und warf einen gespenstischen Schatten an die Wand, ein groteskes Gesicht. »Der wahre Alois«, hatte sein Vater zu ihm gesagt.

Ob dieses Erbe die künstlerischen Ambitionen des jungen Mannes fördern oder ihm die Welt der Wirtschaft und des Handels schmackhaft machen sollte, war nicht ganz klar, aber Letzteres trat ein. Beim Verkauf einiger Gemälde deutscher Expressionisten probierte er zum ersten Mal den Namen Francis aus und kombinierte ihn mit dem Mädchennamen seiner Mutter, Arsenault. Auf diese Weise wollte er die Verbindung zum alten Alois verschleiern, um als ernstzunehmender Händler wahrgenommen zu werden und nicht als reicher Bengel, der Familienerbstücke verhökerte.

In den 1970ern versuchte er, die New Yorker Galeristenszene zu entern, aber es war eine abgeschottete und unzugängliche Welt, in der sämtliche Händler sich um die wenigen Top-Sammler prügelten. Er ergatterte einen befristeten Job bei Marian Goodmans Multiples, Inc., wo er die Inspiration zu zwei kühnen Schachzügen fand, die den Anfang seiner Karriere markierten. Erstens spezialisierte er sich auf Druckgrafiken. Und zweitens zog er nach Kalifornien. Er wusste, dass es in Los Angeles Sammler gab – er sah sie oder ihre Repräsentanten bei den Auktionen und Vernissagen in New York –, und er erkannte, dass unterhalb dieser Sammlerebene eine gewaltige Anzahl potenzieller Käufer existierte, die in die obersten Kreise vordringen wollten. Sammler, die sich keinen Blue-Chip-Künstler leisten konnten, aber ihren Bekannten zeigen wollten – in einer Stadt, in der es üblich war, vor seinen Gästen mit der Ausstattung seines Hauses anzugeben –, dass sie *au courant* waren und Bezug zu Kulturgütern auch außerhalb der Hollywood-Welt hatten. Sie waren wenig geneigt, ihr Geld unbekannten Nachwuchskünstlern hinterherzuschmeißen. Sie wollten Kunstwerke, die die Leute erkannten.

In Los Angeles stellte Francis fest, dass andere ihm schon den Weg geebnet hatten. Er bekam eine Assistentenstelle bei Gemini G.E.L., es war die Zeit nach Ken Tylers Weggang, und obwohl er nicht lange dort arbeitete, da er, wie er es formulierte, »als Angestellter unbrauchbar« war, besaß er anschließend eine Rollkartei mit Künstlern, Sammlern und anderen Galeristen. Was seine nächsten Schritte anging, hielt er sich ziemlich bedeckt und verriet nur, dass er nach einiger Zeit Geschäftsräume in Venice mietete – mit dem üblichen Kommentar »Damals war es noch nicht so schick wie heute« – und dort sein FAFA-Schild aufhängte, unter dem er zunächst Druckgrafiken und Multiples verkaufte, um später, nachdem er sich einen Namen gemacht hatte, auch mehr und mehr Original-werke zu zeigen.

Ein paar Jahre danach heiratete er Alison Collins Baker, eine seiner Künstlerinnen.

14

Wenn Francis nach dem Geheimnis seines frühen Erfolgs gefragt wurde – was in mehreren Porträts der Fall war –, gab er stets die gleichen Antworten: »Ich wusste zu wenig, um zu wissen, was ich nicht wusste.« Oder: »Ich konnte gute Partys schmeißen.«

Nachdem Frank Busse in Los Angeles als Kunsthändler Francis Arsenault aus seinem Kokon geschlüpft war, stellte er fest, dass die Leute tatsächlich seine Bekanntschaft und seine Nähe suchten. Den Sammlern gegenüber spielte er den Enkel von Alois, der die Familientradition fortführte und die Kunstszene unterstützte. Für die Künstler war er der rote Sohn von Klaus, ein Mann, der seine Werte hochhielt und die Härten des Lebens kannte. Für sich selbst war er Francis Arsenault, seine eigene Erfindung, geschaffen aus dem Nichts.

Und Francis Arsenault hatte das Auge. Es stand in jedem Interview, in jedem Porträt, in jedem Artikel. Das Auge.

»Man war nichts ohne das Auge.«

»Selbst diejenigen, denen es gelingt, jeden Trend vorherzusagen, fallen ohne ein gutes Auge irgendwann auf die Nase.«

»Wenn der Markt zusammenbricht – und irgendwann bricht der Markt immer zusammen –, behalten die guten

Sachen ihren Wert, und das Mittelmaß stürzt ab. Um den Unterschied zu erkennen, braucht man ein gutes Auge.«

Aber mit dem Auge konnte man keine Assistenten, keine Miete, keine Nebenkosten bezahlen. Über die wirtschaftliche Seite des Kunstbetriebs äußerte Francis sich so oberflächlich und einsilbig wie nur möglich. Je mehr die Unterhaltungen sich dem Thema Geld näherten, desto orakelhafter wurde er.

Nur in einem einzigen Artikel wurde ein konkretes Beispiel genannt. Es ging um das Gerücht, Francis habe einen Verkaufspreis ohne Wissen des Verkäufers in die Höhe getrieben. Angeblich hatte er einem Sammler versprochen, er würde für sein Gemälde 1,2 Millionen Dollar bekommen, und es dann hinter dessen Rücken für 1,5 Millionen verkauft, sodass er sowohl seine reguläre Provision als auch den heimlichen Aufschlag einstrich.

Der Artikel war gespickt mit einigen gehässigen Zitaten, unter anderem diesem von einem »anonymen Insider aus der Kunstszene«: »Francis ist nur deshalb in diesem Geschäft, weil kein Markt der Welt so einfach zu manipulieren ist, und Manipulation ist nun mal sein größtes Talent.«

15

Jedes Mal, wenn Jeff das Wort »Auge« las, musste er an Francis' hängendes Auge, genauer gesagt, an sein hängendes rechtes Augenlid denken. Auf dem Foto in einem der Artikel über Francis war es deutlich zu erkennen, es hing nicht so tief, dass es seine Sicht beeinträchtigte, aber doch deutlich tiefer als das linke, und es verlieh ihm einen leicht schläfrigen Blick, der verführerisch und skeptisch zugleich wirkte. Jeff betrachtete lange die Bilder von Francis, beziehungsweise die unscharfen Schwarzweißkopien, die er in der Bibliothek gemacht hatte, und versuchte in ihnen nicht nur den überaus erfolgreichen Kunsthändler zu sehen, sondern auch das Kind, das als Außenseiter aufgewachsen war, den jungen Mann, der beim New Yorker Kunst-Establishment abgeblitzt war. Er sah sich auch das Foto in der Heiratsanzeige an. Alison Collins Baker aus Greenwich, Connecticut, war eine Schönheit, deren ebenmäßige Gesichtszüge in krassem Gegensatz zu Francis' Aussehen standen. Wenn Jeff mit dieser Frau verheiratet gewesen wäre, hätte er das garantiert nicht aufs Spiel gesetzt, um sich in schicken Hotels mit anderen Frauen zu treffen.

Aus den Artikeln und Fotos hatte er eine Menge Informationen gewonnen, aber trotzdem empfand Jeff eine ähnliche Enttäuschung wie zuvor, als er Francis auf der

Straße gefolgt war, denn er hatte das Gefühl, dass das wahre Wesen dieses Mannes durch diese Äußerlichkeiten nicht erhellt, sondern eher verschleiert wurde.

16

»Ich hätte tausend Seiten von dem Zeug lesen können, und er wäre mir trotzdem noch fremd geblieben«, sagte Jeff.

»Das Ganze hat für dich keine zusammenhängende Lebensgeschichte ergeben?«

»Doch, aber das passiert bei biografischen Daten automatisch. In Wirklichkeit gibt es keine zusammenhängenden Lebensgeschichten. Das ist eine Illusion. Es ist wie eine Story über einen Hai im Vergleich zu einer Begegnung mit einem Hai. Nichts kann das persönliche Erleben ersetzen. Wenn man erfahren möchte, wer jemand wirklich ist, meine ich.«

»Weil man spürt, wie derjenige tickt?«

»Ja, so ähnlich.« Er legte den Kopf schief, als hätte ich es noch nicht ganz getroffen. »Es ist nicht so schwarz-weiß wie zum Beispiel die Frage, ob jemand vertrauenswürdig ist oder nicht. An so was denke ich, wenn ich mich frage, wie jemand tickt. Das sind Dinge, die ich instinktiv wahrnehme. Was ich hingegen meine, ist viel unterschwelliger. Wenn zwei Menschen interagieren, persönlich, dann entsteht ein Energieaustausch. Von beiden Seiten. Eine Art Überlappung. Das Phänomen ist so komplex, dass wir gar nicht in der Lage sind, es richtig wahrzunehmen. Wir besitzen nicht die nötige Bandbreite.«

Ich musste komisch geguckt haben, denn er nahm einen Schluck von seinem Drink, der fast nur noch aus Eis bestand, und fragte: »Verstehst du, worauf ich hinauswill?«

»Erzähl weiter.«

»Ich musste an ihn ran.«

Ich sah aus dem Fenster auf die tief hängenden grauen Wolken, die vorbeirollenden Flugzeuge und die Gepäckschlepper.

»Du hättest es einfach auf sich beruhen lassen können«, sagte ich.

Er runzelte die Stirn.

»Klar. Jetzt, zwanzig Jahre später, könnte man das so sehen. Aber damals war ich ein anderer als heute.«

»Das lässt sich leicht sagen.«

»Bist du noch derselbe wie damals?«, fragte er.

»Größtenteils schon.«

»Und du stehst zu jeder Entscheidung, die du mal getroffen hast?«

»Na gut.«

»Du musst dir klarmachen, dass das ein bedeutendes Ereignis in einem ansonsten ereignislosen Leben war. Keine meiner Handlungen hatte jemals solche weitreichenden Auswirkungen gehabt. Stell dir doch mal vor: Wenn ich Francis nicht das Leben gerettet hätte, wenn er stattdessen an diesem Strand gestorben wäre, wäre alles danach niemals passiert.«

»Aber das ist doch bei vielen Dingen so. Der Flügelschlag eines Schmetterlings …«

Er hob die Hand. »Manche Ereignisse haben größere Auswirkungen als andere. Und die Folgen erstrecken sich ja in alle Richtungen. Das Rendezvous im Hotel? Hätte nicht stattgefunden. Die nächste Ausstellung in der Galerie? Auch nicht. Es hätte nur das gegeben, was ich in der Unibibliothek gefunden hatte, und fertig. Dazu noch ein paar Nachrufe, und das wärs gewesen.

Francis hatte es nur mir, nur meinem Eingreifen zu verdanken, dass er sein Leben weiterleben konnte.«

»Als wäre nichts geschehen.«

»Na ja, das Ereignis ist auch an ihm nicht spurlos vorübergegangen.«

»Wie das?«

»Dazu komme ich später. Ich jedenfalls wurde bei allem in Francis' Leben den Gedanken nicht los, dass es zumindest zum Teil nur durch mich geschah.«

»Als wärst du Gott in Zivil«, zitierte ich aus einem Buch, das ich zwanzig Jahre zuvor gelesen hatte.

Er beugte sich zu mir. »Mir wurde langsam bewusst, dass ich etwas geleistet hatte. Aber was genau, war noch zu ergründen.«

»Von dir.«

»Von mir.«

»Also eher ein Spion als ein Gott.«

Er schüttelte den Kopf. »Ein Spion urteilt nicht.«

17

Jeff besuchte das Café von nun an regelmäßig, machte sich mit der kraushaarigen Frau hinter der Theke bekannt (»Molly – erstaunlich, was so alles hängenbleibt«) und verbrachte extrem viel Zeit damit, die Galerie auf der gegenüberliegenden Straßenseite zu beobachten. Es war nicht schwer, sich eine andere Version dieser Galerie vorzustellen, bei der ein Schild mit der Aufschrift GESCHLOSSEN an der Tür hing oder ein ähnlicher Hinweis darauf, dass der Namensgeber der Kunsthandlung bei einem Badeunfall ums Leben gekommen war. Jeff stellte sich diese alternative Realität ab und zu vor, um sich in Erinnerung zu rufen, dass die tatsächliche, in der er und Francis und alle anderen weiterlebten, nur dank seiner Tat existierte. Gern hätte er seinen Mut zusammengenommen, die Straße überquert und die Galerie betreten. Seit dem Tag, an dem er Francis zum Hotel gefolgt war, hatte er ihn nicht mehr gesehen. Mit jedem Tag war er näher dran, sich ein Herz zu fassen. Was hielt ihn zurück? Er wusste es nicht genau. Die Angst, aufzufliegen? Wiedererkannt zu werden? Vielleicht war es Weisheit. Vielleicht hätte er es aufgeben sollen, denn genau das sagte ihm eine Stimme in seinem Kopf.

Aber natürlich hörte er nicht auf sie.

Trotzdem ging er nicht über die Straße.

Eines Tages wollte er gerade das Café verlassen, als eine FAFA-Assistentin aus der Galerie stürmte. Die Glastür knallte so heftig hinter ihr gegen den Stopper, dass er sich nicht gewundert hätte, wenn sie zersprungen wäre. Auf zittrigen Beinen stakste die junge Frau in ihren hochhackigen Schuhen über die Straße, die Wangen gerötet und Tränen in den Augen. Er hatte sie schon öfter gesehen, wenn sie Kaffee für die Belegschaft der Galerie geholt hatte. Diesmal aber kam sie nicht ins Café, sondern verschwand unter halblautem Fluchen direkt nebenan im Parkhaus. Zwei Minuten später rauschte sie in einem kleinen silbernen Mercedes mit quietschenden Reifen davon.

Am nächsten Morgen betrat Jeff wieder das Café, bestellte sich etwas zu trinken, klappte seinen Laptop auf und warf wie gewöhnlich einen Blick über die Straße auf die Galerie. In der unteren linken Ecke der riesigen Glasfront, von innen an die Scheibe geklebt, sodass man es durch das Milchglas lesen konnte, hing ein bedrucktes Blatt Papier: *Assistent gesucht – ab sofort.*

18

»Das hast du nicht getan«, sagte ich.

Er nahm die Brille ab, hielt sie prüfend gegen das Licht, säuberte sie mit einem Hemdzipfel und setzte sie wieder auf. Aus irgendeinem Grund zögerte er, vielleicht genoss er auch die dramatische Pause. Dann räusperte er sich.

»Wäre ich damit einen Schritt zu weit gegangen?«, fragte er.

Ich sagte, das wisse ich nicht.

»Mein Leben wäre anders verlaufen – die letzten zwanzig Jahre, meine ich –, wenn ich es nicht getan hätte.«

19

Jeff stand vor der Trennwand, die entlang der Frontseite der Galerie aufgebaut war, und spähte durch die kleine Öffnung. Dort entdeckte er einen Mann am Empfang – nicht Francis –, der telefonierte. Er überlegte, ob er sich anmelden sollte, bevor er hineinging, aber der Mann war so vertieft in das Gespräch, dass er Jeff überhaupt nicht beachtete. Jeff ging an der Trennwand entlang und um sie herum und betrat die eigentliche Galerie, einen riesigen, strahlend weißen Würfel mit einer Deckenhöhe von bestimmt sieben Metern. Seine Schritte hallten auf dem Betonboden zwischen den Satzfetzen des Telefongesprächs. Außer dem Mann und ihm befand sich niemand in der Galerie. Als Jeff hörte, wie der Mann *Francis* sagte, zog sich ihm der Magen zusammen.

»Die Werke müssen hier sein, bevor Francis aus Kassel zurückkommt«, sagte der Mann. »Sonst wars das mit der Ausstellung.«

Francis war nicht in der Stadt, was für eine Erleichterung. Jeff konnte sich erst mal in Ruhe sammeln.

Der Mann am Telefon, Anfang dreißig, mit lockigen Haaren und olivbrauner Haut, saß an einem kleinen Schreibtisch hinter der Empfangstheke, auf der sich ein Visitenkartenhalter und ein Stapel Prospekte befanden. Rechts führte eine als PRIVAT gekennzeichnete Treppe nach oben, wahrscheinlich zu den Büros. Jeff war überrascht, dass die Galerie so leer war. Als er von der anderen Straßenseite all die ein- und ausgehenden Leute beobachtet hatte, hatte er sich die Galerie wie einen betriebsamen Bienenstock vorgestellt.

Mit dem Gefühl, etwas Verbotenes zu tun, betrat er den hinteren Teil der Galerie. Er war genauso menschenleer wie der vordere Raum und genauso von natürlichem Licht durchflutet. Erst jetzt gestattete er sich einen Blick auf die Werke. Zuvor hatte er sie nur aus dem Augenwinkel wahrgenommen als irgendwelche rechteckigen Objekte, die sich dort befanden, wo sie hingehörten. Es wäre ihm nur aufgefallen, wenn sie nicht da gewesen wären. Der hintere Raum hing voller großer, farbenfroher Gemälde in verschiedenen Stilen, sämtlich mit kraftvollem Pinselstrich ausgeführt. Auf einem war ein hausähnliches Gebilde zu erkennen, die anderen waren abstrakt. Ihm kam ein Gedanke, den schon viele vor ihm hatten und noch viele nach ihm haben würden: Das hätte auch ein Kind malen können.

Er betrachtete die Schildchen an der Wand und war überrascht, wie viele Werke keinen Titel besaßen. Die Namen der Künstler sagten ihm nichts. Er war erleichtert, dass keine Preise angegeben waren. Anscheinend fungierte FAFA also auch als eine Art Museum oder nicht-kommerzieller Ausstellungsraum. Das ließ ihn die Werke wohlwollender betrachten: Sie entsprachen zwar nicht seinem Geschmack, aber er war nun gewillt, den Künstlern zuzugestehen, dass diese Gemälde einen aufrichtigen Ausdruck ihrer Persönlichkeit darstellten, und dagegen war ja wohl nichts einzuwenden, solange sie ihre Käufer nicht über den Tisch zogen.

Der Mann am Empfang beendete sein Telefonat mit einem etwas überraschenden »Okay, hab dich lieb«. Jeff kehrte in den Hauptraum der Galerie zurück und ging auf den Schreibtisch zu. Der Mann kritzelte etwas in ein Notizbuch. Nachdem Jeff eine Weile gewartet hatte, sah der Mann auf.

»Ich bin wegen des Jobs hier«, sagte Jeff.

Der Mann musterte ihn von oben bis unten und lächelte, als wäre er erleichtert, ihn zu sehen.

20

Der Mann stellte sich als Marcus vor und sagte, er müsse dringend nach oben, wo unvorstellbar viel Arbeit auf ihn warte. Der Job sei simpel, wenn man kein Problem damit habe, Kunstwerke zu babysitten, Touristen zu verscheuchen und sich anbrüllen zu lassen.

Er hob mahnend den Finger. »Und dabei gut auszusehen«, fügte er hinzu. »Ungepflegt ist tabu.«

Plötzlich merkte er, dass er ein paar Schritte übersprungen hatte, und fragte Jeff nach seiner Erfahrung.

Jeff antwortete, er habe gerade seinen Abschluss an der UCLA gemacht. Marcus machte eine Bemerkung über das hervorragende kunsthistorische Institut, und als Jeff in seiner Nervosität nur stumm nickte, nahm Marcus das als Bestätigung, dass Kunstgeschichte sein Hauptfach gewesen war. In Wirklichkeit hatte Jeff in Kunstgeschichte keinen einzigen Kurs belegt, denn ihm war klar, dass er schon bei der ersten Diashow im Dunkeln auf der Stelle eingeschlafen wäre.

Marcus zeigte ihm ein einzelnes Blatt Papier in einer durchsichtigen Hülle und erklärte ihm, er sei von nun an der Hüter der Preisliste. Mehrere Werke auf der Liste waren mit einem kleinen roten Punkt gekennzeichnet, ohne dass Jeff den Grund verstand. Er war immer noch sprachlos angesichts der Tatsache, dass die Werke tatsächlich zum

Verkauf standen und dass die Zahlen auf dem Blatt die Preise sein sollten. Die Dollarzeichen fehlten, aber es mussten wohl Dollar gemeint sein, obwohl diese Beträge viel zu hoch waren, als dass es echte Preise für echte Werke hier an den Wänden der Galerie hätten sein können. Es waren aberwitzige Summen, Geld, für das ein normaler Mensch sich ein Haus kaufen würde.

Er verkniff sich einen Kommentar, um nicht wie ein Banause auszusehen, und tat so, als wäre alles genau so, wie er es erwartet hatte.

Marcus erklärte Jeff, er dürfe den Leuten die Preisliste zeigen, sie aber nicht aus der Hand geben. Falls er den Eindruck hatte, jemand machte sich Notizen, sollte er Marcus auf seiner Durchwahl anrufen. Wenn er irgendwelche Fragen hatte, sollte er auch Marcus anrufen. Ansonsten Telefonanrufe entgegennehmen, aber keine Anfragen weiterleiten. Nur Nachrichten. Wenn jemand nach Francis fragte, Marcus anrufen. Egal, nach wem jemand fragte, Marcus anrufen.

Dann wollte er wissen, ob Jeff direkt anfangen könne. Jeff sagte Ja.

»Gott sei Dank«, seufzte Marcus. »Den Papierkram erledigen wir später, du hast den Job.«

»Ich hätte da noch ein paar Fragen«, sagte Jeff.

»Später. Erst mal reicht es, wenn du hier sitzt und gut aussiehst. Sollte dir ja nicht schwerfallen.« Er zwinkerte ihm zu. »Sieh einfach aus wie jemand, der in einer Kunstgalerie am Empfang sitzt. Und dass ja niemand mit einem Gemälde hier rausmarschiert.«

Was an diesem ersten Tag passierte? Nicht viel. Da er keine Angst mehr haben musste, Francis könnte plötzlich auftauchten, hatte er stattdessen Angst, ein Kunstwerk verkaufen zu müssen. Aber keiner der Besucher schien Interesse an einem Kauf zu haben. Die Leute sahen sich in der Galerie um, zeigten auf das eine oder andere Werk und verabschiedeten sich meist mit einem gemurmelten Dankeschön. Jeff bemühte sich, offiziell auszusehen, indem er auf Papieren herumkritzelte, wie er es bei Marcus gesehen hatte. Der Job beinhaltete zumindest an diesem Tag genau das, was Marcus angekündigt hatte: dasitzen und gut aussehen. Und die Stille ertragen beziehungsweise, wenn Besucher da waren, die hallenden Schritte und geflüsterten Bemerkungen. Nur einmal fragte an diesem ersten Tag jemand nach der Preisliste, eine ältere Frau mit kurzen Haaren und einer roten Lesebrille auf der Nasenspitze.

»Oh«, sagte sie. »Schon verkauft. Schade.«

Da verstand er, was die roten Punkte bedeuteten.

»Wissen Sie, ob es für diesen Preis hier weggegangen ist?«, erkundigte sie sich.

Er starrte sie ratlos an, dann griff er zum Telefonhörer, um Marcus anzurufen.

»Nein, nein«, wiegelte sie ab. »Machen Sie sich keine Mühe. *Die* verraten es mir sowieso nicht.«

Wenn niemand in der Galerie war, zog es seine Blicke zur Treppe links von ihm, zum Schild mit der Aufschrift PRIVAT. Irgendwo da oben saß Marcus. Jeff hörte, wie er telefonierte. Und er hörte auch eine Frau. Er fragte sich, was mit seiner Vorgängerin passiert sein konnte, dass sie mit Tränen in den Augen aus der Galerie gestürmt war. Wenn er das gewesen wäre, hätten es höchstens Tränen der Langeweile sein können. Er musste an einen Spruch seiner

Mutter aus seiner Kindheit denken: »Warten heißt, etwas zu machen, was man nicht will, bis man das machen darf, was man will.« Er würde auf seinem neuen, lukrativen Posten warten, bis Francis auf der Bildfläche erschien.

Tag für Tag tauchten neue rote Punkte auf der Preisliste auf. Offensichtlich wurden Werke verkauft, nur nicht, während er da war, nicht in seinem Beisein. Obwohl er den ganzen Tag auf die Gemälde aufpasste. Das ließ den Job in gewisser Weise unwirklich erscheinen.

Marcus, dessen ethnische Herkunft und sexuelle Orientierung Jeff schleierhaft waren, nahm, getrieben von nicht näher erläuterten Entbehrungen in seiner Jugend, seinen neuen Kollegen mit ständigem Codeswitching und einem Mischmasch verschiedenster Szeneausdrücke unter Beschuss. Er nannte ihn »Alter«, »Bro«, »Dude« oder »Homie«, aber es klang absolut nicht aufgesetzt. Jede einzelne Variante vom Straßenslang bis zum Surferjargon kam ganz natürlich rüber. Er wirkte, zumindest in diesen ersten Tagen, wie ein Chamäleon – Kunstliebhaber und Händler, Ästhet und Geschäftemacher zugleich. Ständig war er auf dem Sprung zu einem »Freund«, was alles nur Erdenkliche heißen konnte.

Seine Kollegin Andrea war cooler. Mitte vierzig, zielstrebig, ungebunden und immer perfekt gestylt. Rosa Lipliner, strenger Haarknoten. Zuerst dachte Jeff, sie würde sich nur für Klatsch und Geld interessieren. Aber dann wurde er eines Nachmittags Zeuge, wie sie mit leuchtenden Augen vom Tauchen schwärmte. Darum also drehte sich alles in ihrem Leben. Ihre Arbeit bei FAFA diente nur der nächsten Reise, dem nächsten Abenteuer unter der

Meeresoberfläche in Belize oder Mexiko oder im Süd-
pazifik, wo sie inmitten von Fischen zwischen Korallen und
Seegras herumschwamm. Als Jeff klar geworden war, dass
ihr wahres Leben sich dort unten abspielte, in der stillen
Einsamkeit der Unterwasserwelt, und dass die Galerie –
wie überhaupt die gesamte Welt an Land – zweitrangig
war, verstand er sie besser.

Was Marcus und Andrea von den Künstlern oder von
Kunst im Allgemeinen hielten, war unmöglich zu erkennen.

Rafe, der im Versand arbeitete, hasste Jeff vom ersten
Tag an, scheinbar ohne Grund. Und Naomi, die andere
Assistentin, wollte von ihm wissen, was er überhaupt in
der Galerie zu suchen hatte, wenn er weder Künstler war
noch Händler werden wollte. Er konnte es ihr nicht be-
antworten. Es gab noch ein paar weitere Mitarbeiter, aber
obwohl er sie erst später kennenlernte, spürte er schon
jetzt, dass seine Ankunft sich im kleinen Kreis der FAFA-
Angestellten herumgesprochen hatte und dass ihn anfangs
alle für undurchschaubar hielten.

21

»Es kann von Vorteil sein, wenn man für undurchschaubar gehalten wird«, sagte Jeff. »Besonders in einer Branche, in der Informationen ein wertvolles Gut sind. Nicht dass mir das damals schon klar gewesen wäre.«

Er lehnte sich zurück, die Hände hinter dem Kopf verschränkt, die Beine an den Knöcheln gekreuzt.

»Ich war so unbedarft«, fuhr er fort, »dass alle überzeugt waren, es wäre nur Show. Ich war jung, frisch vom College, hatte noch nie was von Ruscha oder sonst wem gehört, besaß keine Ambitionen als Künstler oder Geschäftsmann, machte diesen banalen Job, ohne mich zu beschweren, kam auch noch mit allen gut klar und so weiter. Wenn ich ein Ziel formuliert hätte, wäre das Rätselraten schnell zu Ende gewesen, aber so – und das habe ich natürlich erst später kapiert, damals war ich total blauäugig – fragten sich alle, was ich da eigentlich wollte.«

»Sie konnten gar nicht ahnen, was du vorhattest.«

»Genau!« Er setzte sich aufrecht hin. »Und ehrlich gesagt, auf lange Sicht war ich mir selbst darüber nicht im Klaren. Ich hätte nie im Leben erwartet, dass ich mal Kunsthändler werden würde.«

»Du bist Kunsthändler?«

Er sah mich überrascht an. »Natürlich.«

»Das wusste ich nicht.«

»Wir haben eine Galerie hier in Chelsea. Zwei weitere in London und Berlin. Deshalb will ich ja nach Deutschland. Zu einer Vernissage.«

22

Ein paar Wochen später hallte eines Nachmittags das Jaulen von Akkubohrrern und das Knarzen von Schrauben, die aus Holzkisten gelöst wurden, durch die Galerie. Und als Jeff gerade den x-ten Laufkunden durch die Lücke in der Trennwand abwies, sah er plötzlich aus den Augenwinkeln Francis vorbeihuschen. In teuren Lederslippern eilte er fast lautlos durch den Raum, ohne von Jeff Notiz zu nehmen. Er war kleiner als in Jeffs Erinnerung und schien nur aus Muskeln zu bestehen, war dabei aber überhaupt nicht massig, sondern kraftvoll wie aus straff gespanntem Draht, und seinen lässigen und entspannten Bewegungen war keine Vorsicht, kein Schmerz anzumerken. Er trug einen Leinenanzug, keine Krawatte, keine Brille. Nichts deutete darauf hin, dass er gestorben und ins Leben zurückgekehrt war und dass diese Erfahrung ihn verändert, vielleicht demütig gemacht hätte.

Francis stieg die Treppe hinauf, ohne seinen Schritt zu verlangsamen, und rief noch auf dem Weg nach Marcus und Andrea. Dann war er verschwunden. Falls er Jeff überhaupt bemerkt hatte, dann nur, um sich flüchtig zu vergewissern, dass der Empfangstresen besetzt war.

Jeff hämmerte das Herz in der Brust. Sollte er hochgehen und sich vorstellen? Er war noch nie oben gewesen und nahm an, dass er dort nicht willkommen war. Aber er hoffte darauf, mehr von Francis mitzubekommen als einen vorbeihastenden Schatten auf direktem Weg vom Eingang zu seinem Büro. Er wollte ihn wenigstens mal in Aktion sehen. Wie er Dinge anpackte, Entscheidungen traf, sein berühmtes Auge einsetzte.

Und ein paar Tage später kam dieser Moment tatsächlich, beim Aufbau einer Einzelausstellung von Alex Post, einem der FAFA-Künstler. In der Galerie herrschte Chaos. Alles war voller Kisten, an den Wänden lehnten Gemälde, dazwischen lagen Klebebandrollen, Transporteure mit weißen Handschuhen wuselten herum, aus einer schäbigen Boombox erscholl blecherne Musik, Marcus und Andrea erteilten Befehle und überprüften Checklisten. Einige Werke waren später als erwartet eingetroffen.

Post, ein unbeholfener Typ mittleren Alters mit Overall und dicker schwarzer Brille, ging von Werk zu Werk, betrachtete seine Arbeiten, fragte hin und wieder irgendjemanden, der zufällig in der Nähe stand, nach seiner Meinung, und starrte zwischendurch die Deckenbeleuchtung an, als könnte er die Lampen mit seinem Blick bewegen. Mit größter Sorgfalt dirigierte er die Transporteure beim Aufhängen, einmal zückte er sogar ein Maßband und klebte eine Markierung aus Malerkrepp auf. Er wirkte eher wie ein Vorarbeiter als wie ein Künstler, und nur weil Jeff eine Postkarte mit der Ankündigung der Ausstellung gesehen hatte, wusste er, wer der Mann war. Auf der Karte sah Post fünf Jahre jünger aus, er war glatt rasiert und trug eine kragenlose Seidenjacke. An einem seiner nie enden wollenden Arbeitstage hatte Jeff diese Postkarte angestarrt und sich gefragt, was den Mann zu einem Künstler machte, was ihn dazu bewegte, diese monumentalen abstrakten Werke zu erschaffen. Mit Seidenjacke und Brille war er ihm wie ein weiser Ästhet erschienen, der in höheren Sphären schwebte, ein Hüter uralten Wissens. Der Mann, den Jeff jetzt vor sich sah, hätte auch in einer Autowerkstatt nicht fehl am Platz gewirkt.

Francis erschien am Fuß der Treppe, als wäre er heruntergeschwebt, beim geschäftigen Treiben in der Galerie waren seine Schritte in den Lederslippern nicht zu hören. Jeff versuchte, seinen Blick aufzufangen, aber Francis war schon an ihm vorbei und steuerte mit offenen Armen auf Post zu. Sie begrüßten einander übertrieben freundlich – umarmten sich und klopften sich gegenseitig auf den Rücken. Francis fragte, ob Post mit allem zufrieden sei, und der Künstler erwiderte: ja, bis auf die Preise. Er machte sich Sorgen, Francis könne sie zu hoch angesetzt haben. Man munkelte, der Markt kühle sich ab, und er wollte nicht wie D.S. drüben bei Gagosian enden.

Die Preise seien in Ordnung, versicherte Francis. Er habe schon jetzt ein Drittel der Werke verkauft, und für den Rest stünden die Interessenten Schlange.

»Apropos«, sagte er und deutete auf das Gemälde, das die Besucher als Erstes sahen, wenn sie um die Trennwand kamen, »wir müssen dieses hier mit einem von hinten austauschen.«

Post sagte, die Gemälde hingen in einer festgelegten Reihenfolge.

Francis ging in den hinteren Raum und beauftragte zwei Arbeiter, das Gemälde, das er haben wollte, abzuhängen.

Die Packer trugen es nach vorne und hielten es neben das Werk, das an der ersten Stelle hing.

Es waren beides große abstrakt-geometrische Arbeiten. Bogen und Kreise vor einem neutralen Hintergrund, wie mit einem gigantischen Zirkel gezogen. Die Werke hatten nichts Skizzenhaftes oder Expressives an sich, die Formen schienen rein von der Physik bestimmt, wie Seifenblasen in einem Raster.

Jeff erkannte keinen Unterschied zwischen den beiden Arbeiten, weder was die Qualität und Größe noch was die künstlerische Intention anging. Und doch bevorzugte Francis eine der beiden. Hier war das berüchtigte Auge am Werk.

Post schüttelte den Kopf. Das Gemälde konnte dort nicht hängen. Es wäre nicht mehr in der richtigen Reihenfolge. Die Ausstellung trug den Titel *The Rake's Progress* — da konnte man doch nicht die *Hochzeit* vor die *Geburt* stellen. Das war unsinnig. Je mehr Gründe er vorbrachte, desto mehr regte er sich auf. Francis hörte sich das Ganze teilnahmslos an und fragte schließlich, ob er jetzt fertig sei.

Post reckte das Kinn in die Höhe.

»Es kommt hierhin«, sagte Francis. »Oder du kannst deine Sachen nehmen und zum beschissenen Gagosian gehen. Nicht dass er dich nehmen würde.«

Post trat einen Schritt näher. Er war mindestens fünfzehn Zentimeter größer als Francis und wahrscheinlich zwanzig Kilo schwerer. Francis blieb vollkommen ungerührt. Jeff war beeindruckt von dieser Machtdemonstration und von Francis' unbedingtem Glauben an sein Auge, mit dem er die Besonderheit dieses Werkes erkannte. Fest von Francis' Entscheidung überzeugt, hätte Jeff Alex Post am liebsten geraten, sich zu fügen und seinem Galeristen zu vertrauen.

Andrea schaltete sich ein und versuchte, Frieden zu stiften. »Man könnte die *Hochzeit* durchaus als perfekte Eröffnung sehen, schließlich ist sie die Apotheose —«

Post hob die Hand. Er wollte nicht überzeugt werden. Er würde sich niemals überzeugen lassen. Er würde einfach nachgeben, denn man habe keine andere Wahl, so sagte er, wenn man mit Francis *Arsch*enault zu tun hatte, wobei er die Betonung auf *Arsch* legte. Dann ließ er eine Reihe Schimpfwörter vom Stapel und erklärte, er werde zur Vernissage nicht erscheinen, die anderen könnten den miesen Wein ohne ihn trinken. Dann dampfte er ab.

Francis beobachtete all das in vollkommener Ruhe. Als Post weg war, klatschte er in die Hände und ermahnte alle, wieder an die Arbeit zu gehen. *Hochzeit* wurde aufgehängt, Francis kehrte in sein Büro zurück. Das Auge hatte gewonnen.

Jeff verließ seinen Schreibtisch und stellte sich vor das Gemälde. Er betrachtete es und versuchte zu erkennen, was Francis darin im Vergleich zu dem vorherigen sah, aber er fand es überhaupt nicht bemerkenswert. Dann ging er in den hinteren Raum und sah sich *Geburt* an, das jetzt dort hing, wo vorher *Hochzeit* gewesen war. In Farbgebung, Anordnung der Formelemente und genereller Wirkung schien es *Hochzeit* ebenbürtig zu sein. Jeff mochte keines der beiden Gemälde besonders leiden, aber er hätte doch erwartet, die Besonderheit von *Hochzeit* entdecken zu können.

War das gemeint, wenn es hieß, jemand habe ein Auge? Dass man feinste Qualitätsunterschiede erkannte, die dem durchschnittlichen Betrachter verborgen blieben? Oder gab es vielleicht einen geheimen Code, eine versteckte Botschaft, die nur Experten sahen – ein Konzept, das Jeff verstanden hätte, wenn er tatsächlich Kunsthistoriker gewesen wäre? Es ärgerte ihn, dass die Kunst – und er glaubte *wirklich* an die Kunst – unter Umständen auch nur dazu führte, dass man sich dumm vorkam. Denn wenn er ehrlich war, hatte das Werk genau diesen Effekt, es gab ihm das Gefühl, etwas nicht mitzubekommen. Dass andere es sahen oder es zumindest behaupteten, dass sie sogar erkannten, ob dieses Gemälde signifikant besser oder zeigenswerter war als jenes, bewies ihm abermals, wie mysteriös die Welt war, in die er sich begeben hatte.

23

Ein paar Tage später verließ Marcus die Galerie mit einem Schläger unter dem Arm. Auf die Frage, ob er zum Tennis gehe, grinste er, und sofort war Jeff klar, dass er danebenlag.

»Squash«, erklärte Marcus.

Das hatte Jeff schon mal gehört, aber er kannte niemanden, der es spielte.

»So ähnlich wie Racquetball, oder?«

Marcus grinste immer noch. »Racquetball und Squash sind sich ungefähr so ähnlich wie Dame und Schach. Comprende?«

»Wo spielst du denn?«

»Sports Club L.A. Francis ist Mitglied.«

»Du spielst mit Francis?«

»Er fängt langsam wieder an. Hat sich vor einiger Zeit beim Spielen die Rippen gebrochen. Deshalb war er … Ach nee, das war ja noch vor deiner Zeit.«

»Als er mit dir gespielt hat?«

Marcus schüttelte den Kopf. »Das hätte er mir nie verziehen. Es war mit irgendeinem Typen aus dem Club.«

Squash. Kein Wort vom Schwimmen, vom Ertrinken, von Wiederbelebung, von der Mauer, auf die wir alle zurasen und die dieses Mal noch aus Papier war. Warum hatte Francis gelogen? War es ihm peinlich? Hatte er Angst, fast ertrunken zu sein, könnte ihm als Zeichen von Schwäche ausgelegt werden?

»Nächste Woche ist die Vernissage«, sagte Marcus auf dem Weg nach draußen. »Vielleicht gehst du besser noch mal shoppen. Und bitte keine Billigschuhe.«

Folgsam kaufte Jeff sich ein schwarzes Outfit von Banana Republic und ein Paar Florsheim-Slipper für ein halbes Monatsgehalt.

24

Am Abend der Vernissage war Jeff für die Musik zuständig – eine CD mit Charlie-Parker-Stücken als leise Untermalung, gerade eben laut genug, damit keine Stille entstand.

Eine halbe Stunde vor dem Einlass schlich Post zur Tür herein, lief durch die Galerie und bedachte die Werke mit einem beifälligen Nicken, abgesehen von *Hochzeit*, welches er demonstrativ keines Blickes würdigte. Er beschwerte sich noch einmal bei Francis über die Preise, woraufhin Francis erwiderte, sie würden sich in den nächsten fünf Jahren verdoppeln. Damit war die Versöhnung perfekt, und der Künstler ließ den Barkeeper eine Flasche Pinot Grigio öffnen.

Der herrische und hartnäckige Francis, gegen den Alex Post auf Granit gebissen hatte, war verschwunden. Der Vernissage-Francis war von einer Aura der Großzügigkeit umgeben. Auf seinem Gesicht lag ein breites, warmes Lächeln, sein Weinglas war stets gefüllt – er trank nur dann ein Schlückchen, wenn jemand einen Toast aussprach. Um seine geringe Körpergröße zu kompensieren, stellte er sich immer unter eine der hellen Leuchten, die in einer Art Raster von der Decke hingen. Er schlenderte zwar im Raum umher, aber jedes Mal, wenn er stehen blieb, befand er sich wieder unter einer der Lampen, die seine Haare stahlgrau schimmern ließen. Andrea und Marcus bewegten sich zielstrebig durch die Menge, führten Leute zu Francis und kommandierten die Assistenten herum, aber Francis selbst schien heiter und gelassen über allem zu schweben.

Als die Vernissage in vollem Gange war, fiel Jeff auf, dass der Geräuschpegel, das Reden, Husten und Lachen der Gäste, regelmäßig an- und abschwoll; die Leute versuchten sich gegenseitig zu übertönen, dann nahm die Lautstärke zu, nur um wenig später nach einem undurchschaubaren Muster wieder abzuebben, und schon begann der Kreislauf von vorn. An diesem Tiefpunkt war einen Moment lang die Musik zu hören, bevor der Gesprächslärm sie wieder zudeckte.

Den Kunstwerken wurde nicht besonders viel Beachtung geschenkt. Die Gäste waren da, um gesehen zu werden – wahrscheinlich von anderen Gästen. Jeff kannte niemanden. Aber er bemerkte, dass manche Leute, vermutlich die Mächtigeren, sich nicht um Kontakte bemühen mussten, während ein anderer Teil der Gäste immer wieder an genau diese Leute herantrat. Die übrigen Besucher – das gemeine Volk, sofern ein solcher Ausdruck in dieser Umgebung überhaupt angebracht war – beschränkten ihren Umgang auf die Personen, mit denen sie gekommen waren. Sie sahen sich auch als Einzige die Gemälde an. Wer waren diese Leute? Möchtegern-Künstler, Assistenten, Gutachter, Händler von Kunstdrucken, Bürohengste aus den Auktionshäusern.

Jeff wanderte durch die Galerieräume, immer darauf bedacht, seinen Schritt zielstrebig wirken zu lassen, lauschte möglichst vielen Unterhaltungen und hatte dabei stets ein Auge auf Francis, das zentrale Zahnrad in dieser komplexen Glitzermaschine. Einer Maschine mit einem verführerischen Zauber, dem er sich nicht entziehen konnte.

Um von alldem nicht zu sehr eingeschüchtert zu sein, rief er sich in Erinnerung, dass dieser Abend überhaupt nur stattfinden konnte, weil er Francis das Leben gerettet hatte.

Plötzlich schob Andrea einen älteren Mann aus dem Nahen Osten zum Gemälde *Hochzeit*, und zugleich gab Marcus Francis Bescheid. Es war das erste und einzige Mal an diesem Abend, dass Francis sich für einen Gast in Bewegung setzte. Die beiden Männer begrüßten einander mit einem Lächeln und einem Handschlag, förmlicher als für Francis üblich. Das Gemälde schien dem Mann zu gefallen, er stand Schulter an Schulter mit Francis davor und tauschte sich mit ihm über den künstlerischen Wert aus – das vermutete Jeff zumindest, denn er befand sich außer Hörweite.

Marcus ertappte Jeff dabei, wie er die beiden anstarrte. »Er ist ein Al Thani«, erklärte er, als würde Jeff das etwas sagen. »Verwandt mit dem Emir von Katar.«

Jeff spürte, dass er Zeuge eines bedeutsamen Augenblicks war.

»Francis zeigt ihm das beste Werk«, flüsterte er.

»Das beste?«

»Er hat es extra dort aufhängen lassen, ganz vorne«, erklärte Jeff.

Marcus sah ihn an, als sei Jeff gerade aus einem Traktor gestiegen.

»Das Gemälde gehört Mr. Al Thani bereits«, sagte er. »Er hat es letzte Woche gekauft, unbesehen. Ein Hochzeitsgeschenk für seine zukünftige Schwiegertochter.«

Natürlich. *Hochzeit.*

25

»Hat das deine Meinung über Francis verändert?«, fragte ich.

Jeff lächelte. »Ich war enttäuscht. Es bedeutete zwar nicht, dass er kein Auge hatte, aber ich fand es schon mies, wie er den Künstler aufs Kreuz gelegt hat, um sich beim Sammler einzuschleimen. Aber damals wusste ich noch nicht, was ich heute weiß.«

»Nämlich?«

»Die Kunstwerke sind nur der Kitt. Natürlich nicht immer, klar. Manchmal ist es auch wirklich Kunst. Aber für die Szene sind die Werke zum größten Teil nur ein Aufhänger, um zu kaufen und zu verkaufen, Kontakte zu knüpfen und zu pflegen, mit seinem guten Geschmack anzugeben oder schmutziges Geld zu waschen.«

»Die Künstler sehen das sicherlich anders«, wandte ich ein.

»Manche ja, manche nein.«

Ich zog die Augenbrauen hoch.

»Ab und zu versuchen Künstler, Werke zu produzieren, die sich eigentlich nicht kaufen oder verkaufen lassen. Aber der Markt findet trotzdem immer eine Möglichkeit.«

Sein Blick verlor sich in der Ferne. Dann fragte er mich, ob ich noch ein alkoholfreies Bier wolle. Ich bot an, die nächste Runde zu holen, da ich sowieso zur Toilette musste.

»Wodka Soda, bitte«, sagte er.

Ich manövrierte mich durch das Labyrinth von Tischen und Sitzecken, bis ich in der hintersten Ecke der Lounge die Toiletten fand. Sie waren auf einem ganz anderen Standard als in der Etage darunter: überall Marmor, Orchideen neben den Waschbecken, ein Stapel kleiner Stoffhandtücher und das überwältigende Gefühl von Platz und Ruhe. Keine Schlange, kein Gedränge, keine Menschen, die sich mitsamt ihrem Koffer in eine WC-Kabine quetschten, um sich dort unter lautem Stöhnen zu erleichtern. Hier reichten die Türen vom Boden bis zur Decke. Es war nicht so nobel wie in einem Luxushotel, aber es war – anders als alle anderen Toiletten im Flughafen – human. Man konnte ganz in Ruhe pinkeln und die meditative Musik aus den Deckenlautsprechern genießen.

Ich wusste nicht so recht, was ich von Jeffs Geschichte halten sollte. Die Tatsache, dass er Kunsthändler geworden war, musste ich erst mal verdauen. Hatte ich deswegen jahrelang nichts von ihm gehört? Oder steckte noch etwas anderes dahinter? Beim Zuhören war in mir ein vages Unbehagen aufgestiegen, vielleicht weil ich der Erste war, dem er Rechenschaft ablegte, und weil ich nur durch unsere zufällige Begegnung zum Beichtvater geworden war, für den er diese Geschichte aus der Vergangenheit ausgrub. Aber war das, was Jeff sich hier alles von der Seele redete, wirklich eine Ausgrabung? Oder malte er für mich eine Art Selbstporträt? Und wozu diente ein Selbstporträt, wenn nicht der Selbstdarstellung? Die Story vom jungen, naiven Jeff, der bei FAFA reinstolpert, konnte anders betrachtet auch bedrohlich wirken. Schließlich hätte man Jeff durchaus den berechtigten Vorwurf machen können, Francis Arsenault gestalkt zu haben.

Ich wusch mir die Hände und ging zur Bar. Der mürrische Barkeeper sah mit seiner gestuften blonden Mähne und dem dicken Schnauzbart aus, als käme er direkt aus den späten Siebzigern. Als ich einen Wodka Soda und ein alkoholfreies Bier bestellte, warf er mir einen neugierigen Blick zu.

»Ach, Sie sind der mit den bleifreien Bieren.«

Ich nickte.

»Ihr Freund ist ja eine ziemliche Plaudertasche.«

»Das kann man wohl sagen.«

»Meine Ex war genauso. Nur zufrieden, wenn sie mir die Ohren vollquatschen konnte.«

Ich steckte ein paar Dollar ins Trinkgeldglas und kehrte an unseren Tisch zurück.

Jeff saß vornübergebeugt, die Ellbogen auf den Armlehnen des Sessels, den Mund auf den gefalteten Händen, als wäre er tief in Gedanken oder in ein Gebet versunken.

Als er aus den Augenwinkeln wahrnahm, dass ich mich näherte, richtete er sich schnell auf und griff munter nach seinem Drink.

Ich setzte mich, und er erhob das Glas.

»Einen Toast«, sagte er, »auf glückliche Zufälle.«

»Du meinst unser Treffen?«, fragte ich.

»Klar«, sagte er.

»Oder die Vergangenheit?«

Er zuckte die Schultern. »Warum nicht beides?«

Wir tranken einen Schluck, und Jeff erzählte weiter.

26

Marcus rief auf Jeffs Durchwahl an.

»Du musst Fiona bei einem Projekt helfen«, sagte er.

Jeff hatte keine Ahnung, wer Fiona war. Mit einem Kloß im Hals stieg er die Treppe zu den Büros hinauf. Gleich wäre er ganz in der Nähe von Francis, würde vielleicht sogar endlich einmal mit ihm sprechen können. Er stellte sich vor, wie er mit der ganzen Geschichte rausrückte, wie er Francis erzählte, dass er ihm das Leben gerettet hatte. Was würde passieren? Würde er seinen Job verlieren oder eine Belohnung bekommen? Oben angekommen stand er in einem kleinen Wartebereich mit einem weißen Sofa und einem Couchtisch voller Kataloge vergangener Ausstellungen. Von hier aus führte ein Flur zu mehreren Büros, und Jeff erkannte, dass dies der Bereich über dem kleineren, hinteren Ausstellungsraum und dem Packraum war, die eine niedrigere Deckenhöhe hatten als der Rest der Galerie.

Am Ende des Flurs stand Andrea in der offenen Tür zu Francis' Büro und bat ihn um eine Einschätzung, wie tief ein bestimmter Sammler in die Tasche greifen würde. Jeff konnte Francis so gerade eben hinter seinem Schreibtisch sehen.

Da streckte Marcus den Kopf aus der vordersten Tür und bat Jeff herein. Gegenüber von Marcus saß eine Frau mittleren Alters, rote Haare, Pony, tiefliegende Augen. Sie hatte ein fast männliches Profil und wirkte ganz und gar nicht wie aus der Kunstszene. Ihrer Kleidung nach hätte sie Studienberaterin an einer großen staatlichen Highschool sein können.

»Das ist Fiona«, sagte Marcus. »Unsere Registrarin. Sie weiß besser als wir alle zusammen, was in der Galerie läuft. Wo die Werke herkommen, wo sie hingehen, für wie viel. Sie weiß, wo die Leichen vergraben sind und wie tief.«

Jeff lächelte und schüttelte Fiona die Hand.

»Waren Sie eine Zeit lang weg?«, fragte er.

Sie sah ihn verdutzt an. »Nein, ich war hier«, sagte sie.

Er wunderte sich, wie er über einen Monat in der Galerie hatte arbeiten können, ohne ihr jemals begegnet zu sein. War sie an ihm vorbeigegangen, ohne dass er es gemerkt hatte? Oder war sie immer vor ihm gekommen und nach ihm gegangen? Und warum hatte er beim üblichen Klatsch und Tratsch über die Angestellten und die Künstler der Galerie nie ihren Namen gehört? Ihre Unsichtbarkeit machte Jeff nervös, als würde die Tatsache, dass sie an den hierarchischen Scharmützeln in der Galerie nicht beteiligt war, auf eine höhere Machtposition hindeuten.

Sie erklärte, dass sie gerade damit beschäftigt war, sämtliche Unterlagen der Galerie zu digitalisieren, und dass Marcus vorgeschlagen hatte, dies auch mit der Rollkartei zu tun. Sie fragte Jeff, ob er mit Excel umgehen könne. Obwohl er das Programm noch nie benutzt hatte, bejahte er. Er war sicher, dass er es schnell lernen würde.

Sie drückte ihm einen Laptop und die Rollkartei in die Hand.

»Du kannst das an deinem Schreibtisch machen«, sagte Marcus.

Als Jeff Marcus' Büro verließ, warf er einen Blick den Flur hinunter. Francis' Tür war zu.

Den Rest des Tages arbeitete er sich durch die Rollkartei und tippte Namen, Telefonnummern und Adressen ab. Manche waren als Geschäftskontakt eingetragen – andere als Galerien, Kunstberater, Auktionshäuser –, aber meistens war es nur ein Name mit einer Telefonnummer. Bis auf den einen oder anderen Schauspieler, Steve Martin zum Beispiel, kannte Jeff keinen von ihnen. Im Rückblick war es für ihn kaum mehr vorstellbar, wie er damals all diese Namen lesen konnte, sie sogar Buchstabe für Buchstabe abgetippt hatte, ohne eine Vorstellung von diesen Menschen zu haben, ohne auch nur das Geringste über ihr Profil, ihr Vermögen, ihren Geschmack, ihre Spleens, ihre Wünsche, ihre Unsicherheiten, ihre Schwachpunkte zu wissen.

Kurz nach der Mittagspause hörte er beim Tippen, wie oben jemand herumbrüllte. Francis.

»Warum habt ihr euch verdammt noch mal nicht darum gekümmert, als ich im Ausland war?« Das war alles, was Jeff verstand.

Marcus entschuldigte sich und bot an, etwas zu unternehmen; was genau, konnte Jeff nicht hören.

»Vielen Dank, ich kümmere mich selbst drum«, sagte Francis.

Dann stapfte er in seinen Lederslippern die Treppe hinunter. Mit erwartungsvollem Lächeln wandte Jeff sich in seine Richtung. Erst als Francis dicht neben ihm stehen blieb, merkte Jeff, dass er an seinen Schreibtisch wollte.

»Kann ich helfen?«, fragte Jeff.

Francis beugte sich direkt vor Jeff quer über den Tisch, schob sich mit dem Oberkörper zwischen ihn und den Laptop, ohne Ankündigung, ohne Entschuldigung, und schnappte sich die Rollkartei, als wäre Jeff nichts weiter als ein Möbelstück. Dann trippelte er wieder die Treppe hinauf.

27

»Ich konnte ihn riechen. Seine Kaffeefahne. Die Seife, die er benutzt hatte, seinen Schweiß, den Stoff seiner Jacke. Er war *so* nah.« Jeff hielt sich die flache Hand vors Gesicht. »Ich hätte ihn beißen können. Er war vollkommen distanzlos. Du kennst das doch als Schriftsteller, der Raum zwischen deinen Augen und dem Bildschirm, das ist *dein* privater Raum. Dein Biom oder wie man das nennen will. Dieser Raum gehört dir und sonst niemandem. Und er ist einfach da rein, mittendurch, *ohne ein Wort zu sagen*. Als wäre es sein Recht. Schlimmer noch, als würde ich überhaupt nicht existieren! Als wäre ich ein Stuhl. Ein Objekt. Und wieder stand ich vor demselben Problem wie am Anfang. Die Oberfläche! Ich war so nah an Francis dran wie überhaupt nur möglich, und was hatte ich davon? Nichts. Wer war dieser Mann bloß? Wie sollte ich es nur rauskriegen? War er ein Held? Oder ein Mistkerl? Klar, niemand ist ein Heiliger. Ich hatte nicht erwartet, einen Heiligen gerettet zu haben, jeder Mensch hat seine Fehler. Aber ich wollte, dass er anständig war, damit ich nicht nur für ihn etwas Gutes getan hatte, sondern auch für alle um ihn herum.«

Jeff saß auf der Stuhlkante und sprach erregt, als durchlebte er noch einmal die Situation, von der er berichtete. Ich beneidete ihn um sein Vertrauen in die Sprache, in die

Erinnerung. Für ihn schien es keinen Unterschied zwischen seiner Erzählung und seinem Erleben zu geben. Er ging ganz und gar in seiner Geschichte auf wie ein Schauspieler, der auf der Bühne eine lebendige Illusion für sein Publikum erschafft.

»Das Problem bei meiner Arbeit in der Galerie war, dass ich nur der allerkleinste Fisch und deshalb quasi unsichtbar war. Die physische Nähe hatte ich jetzt, aber das reichte nicht, um die hierarchische Distanz zu überwinden.

Ich musste den Alten auf mich aufmerksam machen. Einen neuen Sammler gewinnen, einen Deal einfädeln. In meinem naiven kleinen Hirn schwirrten lauter Ideen und Pläne herum, aber wo sollte ich anfangen? Ich hatte nicht die geringste Ahnung von alledem. Ich konnte nur zugucken und zuhören und versuchen, mich für FAFA und damit für Francis unverzichtbar zu machen.«

»Du hättest viele Dinge tun können.«

»Ich hatte Zeit im Überfluss. Das war das Einzige, was ich hatte. Und wenn ich irgendwann feststellen sollte, dass es mir nie gelingen würde, Francis Arsenault bis ins Detail kennenzulernen, dann konnte ich mir ja immer noch etwas anderes überlegen … Aber man kennt eigentlich niemanden bis ins Letzte, oder?«

Er rührte mit dem Finger in seinem Drink, der fast nur noch aus Eis bestand.

»Ich meinte, du hättest auch einfach aufgeben können.«

Er schüttelte den Kopf. »Du musst verstehen – es war alles, was ich hatte.«

»Hast du die Rollkartei zurückgekriegt?«, wollte ich wissen.

Er nickte. »Fiona hat sie mir eine halbe Stunde später wieder runtergebracht. Sie hat nur gesagt: ›Mach dir nichts draus, so ist er nun mal‹, als wäre er ein ungezogener Siebenjähriger.

Also habe ich mich weiter so sorgfältig wie möglich durch die Namen, Adressen und Telefonnummern gekämpft und mir gegen die Eintönigkeit der Arbeit ausgemalt, zu was für Leuten diese Namen wohl gehörten. Manche waren einprägsamer als andere. Bei denen hatte ich das Gefühl, mir die Menschen dahinter vorstellen zu können. In meiner Fantasie entstanden Bilder von Reichtum und Überfluss, institutioneller Macht und Arschkriecherei, sogar von Sinnlichkeit, als könnte allein ein Name schon etwas über die Fickbarkeit aussagen.

Inzwischen kann ich mich natürlich nicht mehr an alle erinnern, aber im Laufe der Jahre habe ich ziemlich viele von den Leuten kennengelernt, deren Alter, Aussehen und ganzes Leben ich mir anhand ihrer Namen ausgemalt hatte … Und was glaubst du, wie groß die Übereinstimmung war zwischen ihnen und der Fantasie?«

Ich zuckte die Schultern.

Er formte mit Daumen und Zeigefinger eine Null.

»Ehrlich. Ich hatte keinen blassen Schimmer.«

»Ja, das hast du schon gesagt.«

28

Einige Zeit später besuchte Jeff eine Vernissage bei Pace-
Wildenstein am anderen Ende von Beverly Hills. Er hatte
Schwierigkeiten, die Galerie zu finden, weil er zu Fuß ge-
gangen war und an der Vorderseite des Gebäudes ankam,
die auf den Wilshire Boulevard ging und an der nur ein
Niketown war. Er betrat das Geschäft und fragte den Typen
an der Kasse, wo die Galerie PaceWildenstein war, aber der
Typ zuckte nur die Achseln. Ein Kunde bekam das aber
mit und erklärte ihm, der Eingang sei auf der Rückseite.
Jeff ging um das Gebäude herum und kam zu einer ge-
pflasterten Einfahrt, wo Mitarbeiter eines Parkservices die
Autos der Besucher wegfuhren, während nach Kunstszene
aussehende Gäste das Haus betraten. Es kam ihm merkwürdig vor, dass ein Niketown und eine Kunstgalerie, die
jeweils groß genug wirkten, um das ganze Gebäude zu fül-
len, sich den Platz darin teilten, so als nähmen Nike und
PaceWildenstein ein und denselben Raum ein, aber der
Betrachter könnte immer nur eines der beiden wahrnehmen, je nachdem, wo er sich befand.

Die Vernissage ähnelte derjenigen bei FAFA, außer dass
sie größer war und der Wein besser. Die Künstlerin, Agnes
Martin, stand mitten im Ausstellungsraum. Sie hatte kurze
graue Haare, die wie selbst geschnitten aussahen, und trug
ein Mu'umu'u aus Naturfasern. Die Gäste begegneten ihr

mit großer Ehrerbietung, aufgrund ihres Alters, wie Jeff vermutete. Ihre Werke gefielen ihm nicht besonders gut, quadratische Gemälde mit horizontalen hellblauen und rosa Streifen. Er fragte sich, ob ihr wohl vor der Ausstellung die Zeit weggelaufen war.

Unter den Besuchern entdeckte er ein paar Gesichter, die er auch bei der FAFA-Vernissage gesehen hatte, zweifellos Leute aus Francis' Rollkartei, aber er kannte keinen von ihnen. Um sich irgendwie zu beschäftigen, bis Marcus oder Andrea auftauchten, holte er sich ein Glas Wein, spazierte durch den Raum und sah sich die Werke an. Von Nahem erkannte man mehr Detailarbeit, aber es erschloss sich ihm trotzdem nicht, warum so etwas gemalt worden war und wie man es interessant finden konnte. Für ihn waren die Werke noch rätselhafter und verwirrender als die Gemälde bei FAFA.

Beim zweiten Glas Wein bemerkte er plötzlich eine junge Frau neben sich, die dasselbe Gemälde wie er betrachtete. Aus dem Augenwinkel sah er, wie sie ihm heimlich einen Blick zuwarf. Er räusperte sich und fragte sie, was sie von dem Werk halte. Sie fragte zurück, was er denn davon halte. Er wandte ein, er habe zuerst gefragt. Daraufhin sagte sie, sie heiße Chloe. Er stellte sich ebenfalls vor. Sie fragte, ob er bei der FAFA-Vernissage gewesen sei. Er bejahte. Sie meinte, sie habe ihn nämlich schon mal irgendwo gesehen.

Sie studierte Kunst und Kunstgeschichte an der USC und stand kurz vor dem Abschluss. Zur Vernissage war sie gegangen, weil es sie »interessierte«. Während sie sich unterhielten, musterte Jeff sie genauer. In ihrem langen, schlichten schwarzen Designerkleid mit Spaghettiträgern sah sie nicht aus wie eine Collegestudentin, zumindest nicht wie eine von der UCLA. Sie war nicht übermäßig stark geschminkt, aber sie hatte durchaus Zeit vor dem Spiegel verbracht. Ihre Haare waren straßenköterblond und genau so geschnitten, wie es damals hip war.

Sie fand ihn offensichtlich interessant, aber zugleich schien irgendetwas hinter seinem Rücken sie abzulenken, als wäre sie mit zwei Dingen gleichzeitig beschäftigt. Er hasste es, wenn Leute bei einem Gespräch ständig den Blick umherschweifen ließen, weil sie auf der Suche nach jemand Besserem oder Wichtigerem waren. Er wandte sich um, sah aber nicht, was sie so spannend fand. Vielleicht versuchte sie, jemandem aus dem Weg zu gehen, und benutzte ihn als Schutzschild.

Dann nahm sie ihn an der Hand und bat ihn mitzukommen. Ehe er sich versah, standen sie vor Agnes Martin, rechts und links flankiert von Mitarbeiterinnen der Galerie. Chloe schüttelte Agnes die Hand und gratulierte ihr zu der Ausstellung. Ihr Selbstbewusstsein war eigenartig. Jeff konnte es nicht einordnen; sie schien Agnes Martin nicht persönlich zu kennen, und auch Agnes machte nicht den Eindruck, als wüsste sie, wer Chloe war. Trotzdem trat Chloe ins Zentrum des Geschehens und begrüßte die Künstlerin, als wäre das völlig selbstverständlich.

Schließlich trat sie einen Schritt zur Seite und deutete auf Jeff.

»Und das ist Jeff«, sagte sie. »Cook. Jeff Cook«, als würde sie eine sehr bedeutende Person vorstellen.

Agnes Martin wandte Jeff das runzlige Gesicht zu und sah ihn mit gespitzten Lippen und leicht hochgezogenen

Augenbrauen an. In ihrem Blick lag so etwas wie Zweifel oder Sorge, als wäre die Begegnung mit ihm für sie irgendwie schmerzhaft. Er streckte ihr die Hand entgegen und sagte, es freue ihn, sie kennenzulernen. Sie schüttelte ihm die Hand, aber anstatt sie wieder loszulassen, umfasste sie sie mit beiden Händen und hielt sie fest. Dabei blickte sie ihm tief in die Augen, als wollte sie seine Gedanken lesen. Jeff war vollkommen unvorbereitet auf eine so eindringliche Begrüßung und lächelte unwillkürlich. Agnes blinzelte ein paarmal und sagte etwas wie »Ganz meinerseits« oder »Ja« oder »Freut mich auch«, dann ließ sie seine Hand wieder los und wandte den Blick ab.

29

»Ich hatte keine Ahnung, wer sie war«, sagte Jeff. »Ich wusste nichts von ihrem künstlerischen Credo, ihrem Einsiedlerleben, ihrem Status in der Kunstwelt. Ich wusste nur, was ich vor mir sah, nämlich eine alte Dame, die Bilder in Blau und Rosa malte. Ich hatte schon Angst, sie könnte einen winzigen Schlaganfall gehabt haben, als sie mir die Hand schüttelte.

Erst später, nachdem ich ein bisschen was dazugelernt hatte, nachdem ich ihre Arbeiten verstanden hatte und so zu schätzen wusste, wie es ihrem Ruf entsprach – mehr als das sogar –, und nachdem ich mich mit ihren Schriften beschäftigt hatte, konnte ich auf diese Begegnung zurückblicken und sie so empfinden, wie ich es heute tue.«

»Nämlich wie?«

Er beugte sich vor und senkte die Stimme.

»Sie wusste es.«

»Wusste was?«

»Dinge, die ich nicht vorhersehen konnte. Sie hat mich berührt und mir in die Augen gestarrt, als würde der Dalai Lama vor ihr stehen. Sie erkannte etwas in mir. Ich war genau wie sie ein Reisender, dem ein ungewöhnliches Leben bestimmt war.«

»Das glaubst du wirklich?«, fragte ich.

Er zuckte die Schultern. »Manchmal schon.«

30

Nach der Vernissage ging er mit Chloe im Kate Mantilini essen. Sie wurden in einer Nische am Fenster zum Wilshire Boulevard platziert, aßen, tranken und unterhielten sich, nur gelegentlich unterbrochen von vorbeifahrenden Feuerwehrautos oder Krankenwagen. Chloe bekreuzigte sich jedes Mal, betonte aber, sie sei nicht gläubig – nur eine Angewohnheit aus früheren Zeiten, sie sei nämlich auf einer katholischen Schule gewesen.

Danach gingen sie zu Jeff, ins Haus des Schauspielers. Es gefiel Chloe sofort, und sie warf ihre Jacke über einen Stuhl, als wäre sie zu Hause. Jeff erklärte ihr, dass er die Villa nur für jemanden hüte. Sie ließ den Blick durchs Zimmer schweifen, über die verschiedenen Antiquitäten und Objekte, die der Schauspieler von seinen Reisen um die Welt mitgebracht hatte. Für einen Freund in Vancouver, setzte Jeff hinzu, der der eigentliche Haussitter sei. Er erklärte Chloe, dass das Anwesen einem Schauspieler gehöre, der mehrere Häuser besäße und im Moment bei Dreharbeiten irgendwo in New Orleans oder London oder so sei. Sie schlenderte in den Flur und betrachtete die Fotos an der Wand.

»Sag bloß, das ist *sein* Haus«, staunte sie und nannte den Namen des Schauspielers.

31

»Jetzt verrate schon, wer es war«, verlangte ich.

»Ich habe Dylan versprochen, dass ich es für mich behalte.«

»Das ist doch Jahre her.«

»Na gut. Es war Brad Pitt.«

»Ach du Scheiße«, sagte ich. »Das ist ja der Hammer.«

»Genau das hat sie auch gesagt.«

32

»Ach du Scheiße«, sagte Chloe. »Das ist ja der Hammer.«

»Ja, oder?«, meinte Jeff.

»Ich muss mich wenigstens mal umsehen. Hey, dieser Kelim ist unglaublich. Und wo kriegt man bitte so eine Lampe her?«

Chloe wusste nicht und konnte nicht wissen, dass sie die Geschichten, die G und er sich zu diesen Gegenständen ausgedacht hatten, mit Füßen trat, die kleine, private Fantasiewelt, die sie gemeinsam erfunden hatten, eine Welt, in der ihnen dieses Haus schon lange gehörte, in der sie hier Wurzeln geschlagen und Erinnerungen gesammelt hatten, in der sie erwachsen waren, echte Erwachsene, die sich Namen für ihre zukünftigen Kinder überlegten. All das riss sie allein mit ihrer Anwesenheit und ihren Blicken in Fetzen.

Und Jeff war froh darüber.

Er führte sie herum, zeigte ihr jedes einzelne Zimmer, und sie konnte nicht verbergen, wie aufregend sie es fand, in Brad Pitts Villa zwischen Brad Pitts Sachen zu stehen. Während sie von Zimmer zu Zimmer ging, stellte sie sich bestimmt vor, wie er hier lebte, wie er von einem Zimmer ins nächste wanderte und sich seine Texte oder sein Koks reinzog, oder was auch immer ein Schauspieler den lieben langen Tag so machte. Und obwohl Jeff und Chloe auf ihrem Streifzug durch die Villa dieselben Räume, dieselbe

Einrichtung betrachteten, sahen sie doch etwas vollkommen Unterschiedliches in diesem Haus, das ihnen nicht gehörte, denn sie liefen beide nicht nur durch die reale Villa mit ihren realen Möbeln, sondern auch durch ein zweites Haus, eine Vorstellung des Hauses, dank derer ein Haus erst zu einem Zuhause wird. Und so war es unmöglich für sie, dasselbe, das wahre Haus zu sehen, ein Zustand, der dadurch sogar noch verstärkt wurde, dass ihre jeweilige Sicht so sehr von Emotionen beeinflusst war: bei ihr von der Begeisterung, in der Villa von Brad Pitt zu sein, bei ihm von einer quasi negativen Nostalgie, von der schmerzhaften Erinnerung an frühere Zeiten, in denen er sich gemeinsam mit G ausgemalt hatte – im Bewusstsein, dass es nur ein Traum war –, was ihnen dieses Haus bedeuten könnte, und das hatte es ihnen damals ermöglicht, wenigstens dieses eine Mal dasselbe zu sehen oder zumindest diesem Ziel so nahe zu kommen, wie es zwei unterschiedlichen Personen möglich war.

Im großen Schlafzimmer im ersten Stock bestaunte Chloe den Jacuzzi und die Dampfdusche. Mit einer Energie, die er in der Galerie und im Restaurant nicht zu sehen bekommen hatte, eilte sie von einer Attraktion zur nächsten. Tief in seinem Innern spürte er, wie G ihren Hoheitsanspruch auf dieses Territorium zu verteidigen versuchte, oder besser gesagt, seine Erinnerung an G, denn seine Synapsen mussten erst die alten Verknüpfungen lösen und sich auf die neue Situation einstellen. Als er Chloe in den begehbaren Kleiderschrank folgte, erwartete er weitere Ohs und Ahs – es war ein ganzer Raum mit einer Insel in der Mitte, in der sich unter einer Glasplatte Schubladen für

Krawatten und Schmuck befanden –, aber sie blieb stumm. Sie trat nur einen Schritt hinein und zögerte dann. Anscheinend hatte es ihr einfach die Sprache verschlagen. Jeff stand direkt hinter ihr. Da drehte sie sich plötzlich um, als hätte sie beschlossen, dass es ihr jetzt reichte, als würde sie es aus irgendeinem Grund nicht mehr aushalten, als hätte dieser Schrank sie vollkommen überwältigt. Diesen Eindruck hatte Jeff zumindest, als sie plötzlich stehen blieb und sich so schnell umdrehte, dass er nicht mehr zurückweichen konnte, und jetzt standen sie sich Auge in Auge gegenüber, oder fast – er war ein bisschen größer als sie. Bevor er sich umdrehen oder zur Seite treten konnte, griff sie nach seinem Handgelenk, streckte sich und küsste ihn auf den Mund, aber das war kein kurzes, schnelles Küsschen, sondern eine lange, sanfte Berührung, bis seine Lippen sich öffneten, bis es ein intensiver, leidenschaftlicher Kuss wurde, und sie hielt ihn immer noch am Handgelenk, die andere Hand in seinem Nacken, als wollte sie sichergehen, dass er nicht aufhörte, sie zu küssen, bevor sie fertig war. Schließlich nahm sie seinen Kopf in beide Hände, beendete den Kuss und sah ihm tief in die Augen.

Dann sagte sie: »Ich hatte keine Lust mehr zu warten.«

Und wieder strahlte sie eine andere Energie aus als vorher. Die quirlige Nervosität, mit der sie anfangs durch Brad Pitts Villa gehüpft war, die Besessenheit, mit der sie alles aufgesogen hatte, war wie fortgeblasen. Jetzt waren sie auf derselben Wellenlänge. Als sie sich erneut küssten, war Jeffs Gefühlsverwirrung verschwunden und mit ihr alle Gedanken an G, und das Einzige, was er wollte, war noch mehr Chloe.

33

»Am nächsten Morgen habe ich sie zu ihrem Auto gefahren, das stand immer noch auf dem Parkplatz von Pace-Wildenstein und Niketown. Sie musste eine astronomische Parkgebühr zahlen, und ich habe ihr angeboten, die Hälfte zu übernehmen, aber das wollte sie nicht. Sie hatte einen niedlichen kleinen BMW, ein ziemlich neues Modell. Ich weiß noch, wie ich dachte, Privatuni, BMW, wo gerate ich hier rein? Mein alter Volvo schien sie aber nicht zu stören, was ich als gutes Zeichen nahm; anscheinend hatte sie kein Problem mit meinem studentischen Lebensstil. Erst beim Abschied haben wir gemerkt, dass wir einander gar nicht kontaktieren konnten, und deshalb haben wir schnell Nummern ausgetauscht.«

»Wie man das eben so macht«, sagte ich.

»Ich schreibe also ihre Nummer auf und frage sie nach ihrem Nachnamen, und da fragt sie mich zurück, ob ich denn so viele Chloes kenne. Sie war die Einzige. Und da meint sie, dann bräuchte ich ja den Nachnamen nicht. Sie hat dabei so süß gegrinst, als würde sie nur flirten, aber sie wollte es irgendwie nicht sagen. Also habe ich gefragt: ›Warum – heißt du Chloe Mussolini? Oder Chloe Manson?‹ Hab mich ein bisschen darüber lustig gemacht, dass sie sich so geziert hat, aber ich bin natürlich vor Neugier fast geplatzt, vor allem, weil sie überhaupt nicht mitgespielt hat. Sie sah plötzlich richtig nervös aus, und geflirtet hat sie auch nicht mehr. Ich hatte wirklich keine Ahnung, was los war. Ich habe gesagt: ›So schlimm kann es doch wohl nicht sein‹, aber daraufhin meinte sie nur: ›Bitte sei nicht sauer.‹«

»Sauer?«

»Das hat sie gesagt.«

»Warum solltest du sauer sein?«

»Na ja, ihr Nachname war … Arsenault.«

»Nein.«

Jeff nickte. »Sie hat gewusst, dass ich bei ihrem Vater arbeite. Ich war ihr bei der FAFA-Vernissage aufgefallen. Sie fand mich attraktiv, aber sie wollte mich nicht bei der Arbeit ansprechen. Also hat sie mich nur beobachtet. Und als sie mich bei PaceWildenstein gesehen hat, war das wie eine zweite Chance, die sie auf keinen Fall verpassen wollte. Deshalb ist sie neben mir aufgetaucht, als ich vor dem Gemälde von Agnes Martin stand. Später hat sie mir erzählt, sie wollte erst ein paar Dinge abchecken, nämlich erstens, dass ich nicht schwul war, und zweitens, dass ich in der Lage war, eine vernünftige Unterhaltung zu führen, danach hatte sie mir eigentlich gleich sagen wollen, wer sie war. Aber irgendwie hat sie den richtigen Zeitpunkt nicht erwischt. Sie hat sich so gut mit mir amüsiert und wollte nicht, dass es plötzlich schräg wird. Schließlich ist sie mit zu mir gekommen, und wir sind im Bett gelandet, und ihr war klar, dass es jetzt zu spät war. Sie hat sogar noch überlegt, mich zu wecken und es mir zu sagen, aber dann hat sie es doch nicht gemacht.

Sie hatte also von Anfang an ein Geheimnis vor mir gehabt. Nur: Als es raus war, hatte ich plötzlich eines vor ihr. Als hätte sie es mir weitergegeben. Ihr ist ein Stein von der Seele gefallen, das habe ich gemerkt. Sie musste ihr Geheimnis nur für eine Nacht bewahren. Aber wie lange würde ich meins bewahren müssen? Für immer?

Sie hat mir angesehen, dass mich die Sache umgehauen hat. Wie sehr, konnte sie natürlich nicht ahnen. Ich musste mir immer wieder in Erinnerung rufen, dass sie in dem Ganzen nicht mehr als eine unangenehme Situation sah, in der ich vielleicht Angst um meinen Job hatte. Aber sie hat genau gespürt, wie heftig meine Reaktion war, und sie dachte schon, sie hätte alles kaputt gemacht. Später hat sie mir gesagt, ihr sei sofort klar gewesen, wie wichtig mir der Job war. Und wie viel Angst ich vor ihrem Vater hatte – so wie alle. Ich sei damit nicht allein. Sie hat mir hoch und heilig geschworen, dass das mit uns ein Geheimnis bleibt, dass sie mich nicht verraten würde, dass die Beziehung mit mir keinen Einfluss auf meine Arbeit bei FAFA haben würde. Und dass sie mich selbst nach einer Trennung nicht verpfeifen würde.«

»Angst vor ihrem Vater?«, fragte ich.

»Dazu komme ich gleich. Ich habe mir also all ihre Versprechungen angehört. Am Anfang hatte ich gedacht, mit Chloe könnte ich ein neues Kapitel aufschlagen, mich von der Vergangenheit lösen, dem Verlust von G, dem Vorfall am Strand, der ganzen Sache mit Francis. Bestimmt könnte ich das alles hinter mir lassen, wenn ich Kopf und Herz mit etwas Neuem füllte. Ich glaube, dieser Gedanke war mir in der Nacht gekommen, als ich neben Chloe lag. So ist es mir jedenfalls in Erinnerung geblieben. Aber dann musste ich feststellen, dass dieser vielversprechende

Ausweg mich ungeplant und unvermutet direkt wieder zu Francis zurückgeführt hatte!«

Da war es wieder – ungeplant und unvermutet.

»Ich bin trotzdem bei ihr geblieben. Obwohl ich allen Grund gehabt hätte, die Sache zu beenden; es wäre durchaus nachvollziehbar gewesen, ihr zu sagen, dass ich aus Angst um meinen Job keine Beziehung mit ihr wollte, aber ich mochte sie einfach. Ich mochte sie sehr. Ich wollte es nicht bei einem One-Night-Stand belassen. Das hätte auch gar nicht zu mir gepasst.«

Er legte nachdenklich den Kopf schief, als würde er sich selbst über diese überraschende Wendung in seiner eigenen Geschichte wundern.

»Du bist mit ihr zusammengeblieben?«

Er nickte langsam.

»Die erste Zeit unserer Beziehung war überschattet von Paranoia. Wir ließen uns Essen liefern, statt auszugehen. Wenn wir uns doch mal nach draußen wagten, beschränkten wir uns auf Orte, wo wir garantiert niemanden treffen würden, den wir kannten. Das wirkt vielleicht übertrieben, aber es war irgendwie auch ein Spaß, eine Art Spiel für uns. In einer Beziehung braucht man so was – es muss ein bisschen spielerisch sein, sonst bleibt nur Verzweiflung und die Angst vor der Einsamkeit. Ich habe dieses Spiel, dieses Geheimnis geliebt. Manchmal liehen wir uns Filme aus, aber meistens redeten wir einfach. Weil ich den Vollzeitjob hatte und sie den Tagesablauf einer Studentin, trafen wir uns meistens bei mir, im Haus von Brad Pitt. Außerdem hatte sie eine Mitbewohnerin, eine sehr fleißige junge Studentin, die sich fast immer in ihrem Zimmer vergrub und die ich daher kaum je zu sehen bekam. Aber eines Abends, als wir im Wohnzimmer der WG einen Film guckten, wollte Chloe unbedingt auf dem Sofa Sex haben. Ich habe mitgemacht, aber ich musste die ganze Zeit an ihre Mitbewohnerin denken, die in ihrem Zimmer festsaß. Ich fragte Chloe, ob die Mitbewohnerin zu Hause war, und sie meinte, falls ja, würde sie jetzt bestimmt nicht rauskommen. Ich war ziemlich geschockt über ihre Rücksichtslosigkeit. Na ja, ab und zu fällt der Apfel eben nicht weit vom Stamm. Danach habe ich es vermieden, zu ihr zu gehen.

Chloe war ein Mensch, der sich einfach nimmt, was er will, ohne zu zögern und ohne einen Gedanken an eventuelle Schwierigkeiten. Ich war da ganz anders, und deshalb hielt ich dieses Verhalten für ein Zeichen von Reife und nicht für das, was es in Wirklichkeit war, nämlich das Resultat eines lebenslangen Anspruchsdenkens.«

»Sie war verwöhnt.«

Er lachte. »Sagen wir's mal so, das Wort ›Nein‹ bekam sie nicht besonders oft zu hören. Und sie ging durch die Welt, als würde sie es auch nie hören müssen.«

»Sie hatte wohl noch nie einen harten Schlag einstecken müssen.«

»Davor war sie beschützt worden.«

»Von ihren Eltern?«

»Eher von Francis als von ihrer Mutter. Sie hat immer gesagt, dass sie ihren Vater sehr lieb hatte, aber die beiden hatten ein zwiespältiges Verhältnis. Sie wusste, dass er ein Meister auf seinem Gebiet war, der Ernährer der Familie, der Daddy, der ihr immer jeden Wunsch erfüllt hatte, der sie mit auf seine Reisen genommen hatte und so weiter. Aber seit sie zu Hause ausgezogen war, waren ihr Dinge aufgefallen, die sie früher kaum wahrgenommen hatte. Er verhielt sich ihr gegenüber auch anders als früher. Zum Beispiel bestand er jetzt darauf, dass sie jeden Sonntagabend zum Essen nach Hause kam, auch wenn er selbst gar nicht in der Stadt war. Er änderte ständig die Höhe ihres Taschengeldes, mal nach oben, mal nach unten. Einmal hat er ihr nach einem kleinen Streit gedroht, er würde ihre Studiengebühren nicht mehr zahlen. Sie hat nicht daran gezweifelt, dass er sie geliebt hat, aber seit sie nicht mehr zu Hause wohnte, war er zu einem Kontrollfreak geworden.

Wenn er seinen Unmut nicht an ihr auslassen konnte, traf es stattdessen ihre Mutter, eine überaus talentierte Künstlerin, deren Karriere Chloes Einschätzung nach sowohl durch die Anforderungen des Mutterseins als auch durch Francis' dominantes Verhalten ruiniert worden war, denn obwohl er immer getönt hatte, wie sehr er ihre künstlerische Arbeit unterstützte, hatte er sie in Wirklichkeit eher sabotiert.

Das war schon losgegangen, als sie sich kennenlernten – Francis war begeistert von Alisons Werken gewesen und hatte sie in ihrem Studio besucht. Für ihn war es Liebe auf den ersten Blick, und auch sie hatte sich gleich zu ihm hingezogen gefühlt, zu seiner unbändigen Energie, die sie als Lebenslust interpretierte – ich würde es eher als ein ständiges Bedürfnis nach neuen Reizen sehen. Dass er sowohl mit ihr zusammen sein als auch ihre Arbeiten ausstellen wollte, war für sie ein doppelter Jackpot. Damals ahnte sie noch nicht, dass die beiden Dinge nicht zu vereinbaren waren, dass man ihr vorwerfen würde, sie hätte sich nach oben geschlafen (lange bevor sie auch nur in der Nähe von ›oben‹ war), dass ihre Schönheit ein Handicap sein würde, dass die Leute ihre Arbeiten immer unter dem Gesichtspunkt betrachten würden, dass sie ›die Freundin von‹ und später ›die Frau von‹ war. Es stellten sich zwar erste kleine Erfolge ein, ein paar Werke wurden an echte Sammler verkauft, aber bald musste sie feststellen, dass sie das nur ihrer Beziehung mit Francis zu verdanken hatte. Niemand hat ihre Werke als das gesehen, was sie waren. Alle sahen darin nur die Möglichkeit, sich beim Händler anzubiedern.

Irgendwann, als Chloe schon zur Schule ging, stellte Alison einige Werke unter einem Pseudonym in einer anderen Galerie aus. Der Galerist wusste natürlich, wer sie war, und tat ihr den Gefallen, und Francis war auch eingeweiht, aber sonst blieb ihre Identität geheim. Die Arbeiten verkauften sich schlecht. Es gab keinen Lebenslauf, keine Person, der man das Werk zuordnen konnte. Die Gemälde waren gut, aber allein durch ihre Qualität ragten sie aus dem Überangebot von Arbeiten junger Künstler und Künstlerinnen nicht heraus.«

»Aber der Markt ist doch nicht der einzige Gradmesser für künstlerische Qualität.«

»Es waren nicht nur die ausbleibenden Verkäufe. Die Ausstellung ist auch nirgendwo besprochen worden. Sie wurde überhaupt nicht wahrgenommen. Ihre Vorstellung, diese Werke könnten befreit von allem Äußeren hinaus in die Welt gehen, war naiv, und das hätte ihr klar sein müssen. Aber sie nahm dieses Scheitern als Beweis, dass alle recht gehabt hatten, dass sie keine hervorragende, sondern nur eine durchschnittliche Künstlerin war, die eben zufälligerweise ein hübsches Gesicht und einen einflussreichen Ehemann hatte.«

»Aber welche Arbeiten würden einen solchen Test schon bestehen?«, fragte ich. »Ich meine, von erfolgreichen zeitgenössischen Künstlern.«

»Kaum welche. Aber Alison wollte das nicht einsehen, zumindest, was ihre eigenen Arbeiten anging. Chloe dagegen hat es verstanden. Sie hatte die Welt ihres Vaters von Anfang an durchschaut. Sie hat versucht, ihre Mutter davon zu überzeugen, dass so ein Test unmöglich zu bestehen war, dass ihre Arbeiten großartig waren, dass sie die Nachteile ihrer Beziehung mit Francis ignorieren und die Vorteile nutzen sollte. Aber ihre Mutter ließ sich nicht umstimmen. Das Scheitern der pseudonymisierten Ausstellung war für sie ein unanfechtbares Urteil. Was man ironischerweise als Beweis dafür sehen kann, dass sie eine echte Künstlerin war. Gute Künstler, echte Künstler, nehmen jede Kritik ernst, sogar persönlich, und weisen Lob zurück. Wenn ihre Arbeiten nichts taugen, sind sie selbst schuld. Wenn die Arbeiten aber genial sind, haben sie es den Göttern zu verdanken.

Sie verlegte sich auf Innenarchitektur. Gründete eine erfolgreiche Einrichtungsfirma. Eine Branche, in der ihre Beziehung mit Francis zweifellos auch sehr nützlich war. Sie behauptete, glücklich zu sein, aber Chloe nahm ihr das nicht ab. Man hört nicht einfach auf, Künstlerin zu sein. Sie hatte ihre Träume begraben. Chloe war fest entschlossen, dass ihr selbst so etwas niemals passieren sollte.

Und ich habe ihr geglaubt; sie konnte sehr überzeugend sein. Ich selbst hatte nicht viele Träume, nur die vage Vorstellung, dass ich auf keinen Fall mehr dahin zurückwollte, wo ich herkam, und damit meine ich die Wellblechhütte in Santa Cruz, in der ich mit meiner Mutter gewohnt hatte. Große Träume zum Begraben hatte ich gar nicht. Ich bin immer ein eher durchschnittlicher Typ gewesen. Das Einzige, was mir wichtig war und worauf ich stolz war, war meine Redlichkeit.«

»Der Typ, der die Wolldecke zurückbringt.«

»Genau, und der Typ, der glaubt, dass es Wichtigeres im Leben gibt als Geld.«

»So waren wir damals doch alle.«

34

Als Jeff eines Morgens in der Galerie an seinem Schreibtisch saß und Adressetiketten auf Postkarten klebte, stand plötzlich Marcus neben ihm und machte ein ernstes Gesicht.

»Er will dich sehen.«

Marcus richtete den Blick nach oben und wies mit dem Kopf an die Decke, als würde er über Gott reden.

»Ich übernehme hier für dich«, sagte er. Dann wünschte er Jeff viel Glück, und das klang sogar wohlwollend.

Jeff hatte, was Francis anging, Augen und Ohren offen gehalten. Viel zu sehen oder zu hören gab es allerdings nicht: Francis kam und ging, brüllte im Obergeschoss Leute an und führte gelegentlich einen Sammler durch die Galerie. Es war alles wie immer, mit anderen Worten, er und Francis blieben Fremde.

Jeffs Hauptquelle für Informationen über Francis war Chloe. Durch sie erhielt er ein klareres Bild des Mannes, den er gerettet hatte. In mancher Hinsicht vielleicht sogar klarer, als Francis es von sich selbst hatte.

Das Problem war nur, dass Chloe jedes Mal einen anderen Francis beschrieb. An manchen Tagen erschien er als kontrollwütiges, dominantes, die Persönlichkeit seiner Mitmenschen unterdrückendes Monster. An anderen als liebevoller, hilfsbereiter, freigebiger und gütiger König.

Jeff stellte Chloe Fragen wie »War er schon immer so?«, um herauszufinden, ob das Nahtoderlebnis ihn verändert hatte. Und irgendwann erwähnte sie tatsächlich eine Krise vor nicht allzu langer Zeit, als Francis nach einer Verletzung beim Squash – sie hatte dieselbe Geschichte vorgesetzt bekommen wie alle in der Galerie, oder sie wusste Bescheid und behielt es für sich – plötzlich einen Porsche gekauft hatte.

»Mehr Klischee geht ja wohl nicht«, hatte sie entrüstet kommentiert. Der einzigartige Francis Arsenault hatte tatsächlich getan, was jeder reiche Fünfzigjährige tat. Wie ein *gewöhnlicher* Mensch.

Und jetzt musste Jeff nach oben und dem Mann höchstpersönlich entgegentreten. Er hatte nicht den blassesten Schimmer, warum Francis ihn sehen wollte. Sie hatten noch nie miteinander gesprochen. Langsam und vorsichtig stieg Jeff die Treppe hinauf, eine Hand am Geländer gegen den aufkommenden Schwindel. Das hatte er doch gewollt, als er die Arbeit hier angenommen hatte, oder? Aber wegen Chloe war die Sache jetzt komplizierter geworden.

Er ging durch den Flur bis zur letzten Tür. Sie stand offen. Francis saß zurückgelehnt auf seinem Stuhl, Füße auf dem Schreibtisch, Telefon am Ohr. Er winkte Jeff herein und gab ihm ein Zeichen, sich zu setzen. An der Wand hinter Francis hing ein großes Gemälde, eine quadratische Leinwand, dunkel, mit einem großen, leuchtenden Kreis aus Blattgold in der Mitte. In diesem Kreis befand sich wie ein Schatten die schwarze Silhouette eines Kopfes. Jeff hatte das Gefühl, das Werk schon einmal gesehen zu haben. Dann fiel es ihm wieder ein. Es war in einem der Artikel über Francis abgebildet gewesen, die er an der UCLA gefunden hatte. Auf dem Schwarzweißfoto hatte er nicht erkannt, dass es Gold war. Außerdem hatte Francis aufrecht davorgesessen und mit seinem Kopf den Schatten in dem hellen Kreis verdeckt, sodass er ausgesehen hatte wie Jesus auf einem dieser alten Gemälde. Jetzt saß er so, dass das ganze Werk mitsamt der schwarzen Leerstelle zu sehen war und der Schatten eine Abwesenheit markierte.

Francis bellte ins Telefon. »Manche Leute kaufen mit den Augen und manche mit den Ohren. Dieser Typ kauft mit den Ohren. Und er ist eine Sackgasse, ein totes Gleis. Das Ding verschwindet in seiner Wohnung in der Upper West Side, und die Einzigen, die es noch zu sehen kriegen, sind seine Haushälterin, sein Hund und seine zukünftige Exfrau. Im besten Fall. Wir haben so viel Scheiß im Lager rumliegen! Wer diesem Penner ein gutes Gemälde verkauft, kann es genauso gut aus dem Fenster schmeißen. Nein, nein, klar, sie sind alle gut. Aber manche sind halt weniger gut als andere. Verkauf ihm eins von denen. Ohren!« Damit legte er auf.

Dann wandte er sich Jeff zu. Da war es, das hängende Lid. Der Blick. Das Auge. Jeff lief ein Schauder über den Rücken. Er wagte es nicht, den Mund als Erster aufzumachen.

»Du bist nicht blöd«, sagte Francis.

»Nein, Sir«, antwortete Jeff.

»Ich dachte das zuerst, mit deinem Welpenblick. Einer dieser hübschen Jungs, die wir vorne an den Tresen setzen, damit es nicht heißt, wir würden da nur hübsche Mädchen hinsetzen.«

»Nein, Sir«, wiederholte Jeff und war sich schmerzlich bewusst, dass er den Welpenblick auch in diesem Moment hatte.

»Diese Extraspalten«, sagte Francis und drehte seinen Laptop zu Jeff. »Hast du die eingegeben?«

Jeff betrachtete den Bildschirm. Es war die Datenbank, die er aus der Rollkartei angelegt hatte. Beim Eingeben der Namen und Nummern hatte er auf vielen Karten kurze Anmerkungen, Kritzeleien und Codes bemerkt. Irgendwelche Notizen. Damit diese Informationen nicht verlorengingen, hatte er in der Tabelle ein paar zusätzliche Spalten erstellt: »Codes« (für alphanumerische Kürzel), »Künstler« (auf manche Karten waren Künstlernamen gekritzelt) und »Notizen« (für alles andere).

»Ja, Sir«, sagte Jeff. »Ich wollte sichergehen, dass alle Informationen in die Datenbank kommen.«

Francis drehte den Laptop zurück. Er nahm eine Lesebrille vom Schreibtisch und setzte sie sich auf die Nasenspitze. Dann griff er nach einem Stift und begann darauf herumzukauen.

»Diese Notizen, diese Codes«, sagte er, »die sind wichtiger als die Telefonnummern und Adressen. Eine Nummer kann jeder herausfinden. Aber diese Extra-Infos, die sind das Wichtigste, das sind die Früchte jahrelanger Arbeit. Und du hast mitgedacht und sie in die Datenbank aufgenommen. Sehr schlau. Denn diese Informationen existieren ansonsten nur an einem einzigen Ort.« Er tippte sich mit dem Stift an die Schläfe. »Was hier drinsteckt, lässt sich nicht übertragen. Das bleibt hier drin, wohin auch immer ich gehe.«

»Und wann«, fügte Jeff unwillkürlich hinzu.

»Wann?«

»Wann auch immer Sie gehen.«

Francis sah ihn mit einem eigenartigen Blick an, als würde er ihn zum ersten Mal richtig wahrnehmen. Ob er sich an ihr Zusammentreffen an den Hotelfahrstühlen erinnerte? Er dachte ja wohl nicht an den Strand. Oder doch?

»Erzähl mir was von dir«, forderte er Jeff auf.

Jeff gab ihm ein paar biografische Details. Santa Cruz, alleinerziehende Mutter, UCLA, Job bei einem Start-up.

»Jung und ehrgeizig«, sagte Francis wehmütig.

»Ich weiß nicht —«

»Die Sache ist die«, fuhr er fort. »Schlaue junge Angestellte sind ein echter Gewinn fürs Geschäft, aber man muss gut aufpassen. Denn irgendwann stoßen sie einem das Messer in den Rücken.«

»So bin ich nicht, das kann ich Ihnen versichern«, sagte Jeff.

»Warte ab. Und halte in der Zwischenzeit Augen und Ohren offen. Vielleicht habe ich bald noch mehr Arbeit für dich. Wenn du es schaffst, diesen Welpenblick abzulegen.«

Damit war das Gespräch beendet. Jeff dankte Francis und ging zur Tür. Bestimmt wartete Marcus schon ungeduldig auf ihn. Er hasste es, vorne am Tresen zu sitzen.

»Noch was«, sagte Francis.

Jeff drehte sich um.

»Wenn du ihr das Herz brichst, bringe ich dich um.«

35

»Er hat es gewusst?«, fragte ich. »Woher?«

»Das ist mir bis heute nicht klar. Irgendjemand muss uns gesehen oder ein Telefongespräch mitgehört oder einen Blick auf eine unserer E-Mails erhascht haben. Und mir war damals noch nicht bewusst gewesen, wie schnell sich Informationen in dieser Branche verbreiten, die davon lebt, dass man mehr weiß als andere. Wer auch immer Francis den Hinweis gegeben hat, ist zweifellos dafür belohnt worden.«

»Aber woher wusste Francis, dass die Information stimmte?«

»Er hat Chloe gefragt.«

»Und sie hat dich nicht vorgewarnt?«

»Er hat ihr gedroht, wenn sie das tut, würde er mich sofort feuern. Hat sie mir später erklärt. Er wollte mich im Dunkeln lassen.«

»Das ist ja krank«, sagte ich, »sie in diese Situation zu bringen.«

»So war Francis, wie ich langsam feststellen durfte.«

»Aber es schwang auch eine stillschweigende Zustimmung mit, oder? Immerhin hat er nicht gesagt: ›Lass die Finger von meiner Tochter.‹«

»Das hatte nichts mit mir zu tun. Er kannte seine Tochter. Sie hätte niemals jemanden in die Wüste geschickt, nur weil er es ihr befahl.«

36

Als Jeff an seinen Schreibtisch zurückkehrte, warf Marcus ihm einen prüfenden Blick zu. Er war nicht gefeuert worden, also musste er aufgestiegen sein. Aber auch Jeff musterte Marcus. War er der Verräter?

Von diesem Moment an lag in ihrem Umgang miteinander ein unterschwelliger Argwohn. Das sowieso schon spärliche Vertrauen zwischen ihnen hatte auf der Voraussetzung basiert, dass Jeff nur ein kleiner Assistent war und Marcus der Höchste in der Hierarchie, mit dem er zu tun hatte.

Die Sache sprach sich schneller herum, als Jeff für möglich gehalten hatte. Innerhalb weniger Tage wussten alle in der Galerie über Chloe und ihn Bescheid. Er spürte, dass er plötzlich einen besseren Stand hatte, dass er nicht länger folgenlos ignoriert werden konnte. Er spürte allerdings auch, dass die anderen in ihm einen Opportunisten und Profiteur sahen.

Aber die unausgesprochene Annahme, er würde sich hochschlafen, störte ihn nicht besonders, vor allem, weil er – ohne dass die anderen das ahnten – gar nicht auf eine höhere Position aus war. Was die Galerie betraf, war er ziemlich ambitionslos; sollte er also irgendwie aufsteigen, so würde das in seinen Augen höchstens durch Zufall geschehen.

37

Das Haus, in dem die Arsenaults während des Umbaus der Villa im Mandeville Canyon wohnten, lag im gitterförmigen Straßennetz von Santa Monica, nördlich der Montana Avenue, inmitten der bunten Mischung von Nachkriegsbungalows, verwitterten Villen im spanischen Kolonialstil, klobigen Strandhäusern, toskanischen Traumschlösschen und ein paar persischen Palästen. Es stach heraus, weil es modern war oder zumindest den Anschein machte. Ein großer Kasten und obendrauf ein etwas kleinerer, rechteckige Fenster, die einen internationalen Stil andeuten sollten, helle Grautöne und klare Linien. Die Garage, in der vermutlich Francis' neuer Porsche parkte, passte allerdings mit ihren Stuckverzierungen und den Klosterziegeln auf dem Dach überhaupt nicht dazu und entlarvte das Haus als lange nicht so modern, wie es aussah.

Jeff saß in seinem Auto auf der gegenüberliegenden Straßenseite und beobachtete Chloe und ihre Mutter durch das breite Panoramafenster. Chloe hatte ihn zum Sonntagsessen eingeladen, weil ihre Mutter ihn unbedingt kennenlernen wollte. Obwohl ihm klar war, dass er keine Wahl hatte und gleich hineingehen würde, musste er trotzdem erst all seinen Mut zusammennehmen.

Er hätte gerne auch Francis erspäht, um sich innerlich vorzubereiten, aber er konnte ihn nirgendwo entdecken.

Gleich musste Jeff eine vollkommen fremde Umgebung betreten – Francis' Umgebung – und sich von ihm auf den Zahn fühlen lassen. Wie nur hatte eine Kette von arglosen und spontanen Handlungen ihn plötzlich hier in die Höhle des Löwen geführt?

Er klingelte an der Tür. Chloe öffnete. Sie begrüßte ihn mit einem Kuss, bat ihn herein und erklärte, dass ihr Vater noch nicht zu Hause war. Dann führte sie ihn in die Küche, wo sie ihm ein Glas Weißwein einschenkte und ihm ihre Mutter vorstellte, mit Vor- und Nachnamen: Alison Baker. Anscheinend hatte sie den Künstlernamen aus ihrer Jugendzeit beibehalten.

Während sie Small Talk machten, musste Jeff immer wieder an die junge Alison Collins Baker denken, die Künstlerin, die gedacht hatte, eine Heirat mit Francis Arsenault könnte ihre Karriere voranbringen oder würde sie zumindest nicht zerstören. Er suchte nach einer Spur von Trauer in ihrem Blick, nach einem Hinweis auf die junge, ehrgeizige Künstlerin in ihr, die nur hinter einem Vorhang auf das Stichwort für ihren Auftritt wartete. Aber selbst mit dem Wissen, dass sie ihren Traum aufgegeben hatte, sah er in der Alison Baker hier vor ihm nichts als eine glückliche Frau mit einem erfüllten Leben.

Sie führte ihn durchs Haus, wobei sie Wert darauf legte zu erwähnen, dass es nur gemietet war, und zeigte ihm, wie sie es hier und da mit Teppichen, Stühlen und Kissen verschönert hatte. Dazu einen oder zwei Spiegel und in mehreren Zimmern einen Schuss Farbe. Sie freute sich schon sehr darauf, das Haus im Mandeville Canyon neu einzurichten, und versprach, ihm die Entwürfe zu zeigen.

Chloe bemühte sich, den Enthusiasmus ihrer Mutter etwas zu bremsen, es war ihr unangenehm, dass es so aussah, als versuchte Alison Jeff zu beeindrucken.

Erst als sie mit dem Rundgang fertig waren und sich an der Kücheninsel Wein nachschenkten, fiel Jeff etwas Merkwürdiges auf: Es hingen keine Kunstwerke an den Wänden. Er fragte danach, und Alison erklärte, dass sie es schon lange so hielten. Früher hätten überall Gemälde gehangen, aber Francis habe immer wieder welche verkauft. Da konnte ein Werk, in das sie sich gerade verliebt hatte, schon am nächsten Tag einem Sammler gehören. Nach einer Weile hätten sie gemeinsam beschlossen, keine Kunst mehr ins Haus zu holen. Lass die Arbeit im Büro, sagte sie. Das galt in dieser Branche genau wie in jeder anderen.

Jeff fragte sie nach ihrer eigenen Arbeit.

Sie erzählte, es liefe in letzter Zeit so gut, dass sie eine siebenmonatige Warteliste habe.

Er korrigierte sich und erklärte, er meine ihre künstlerische Arbeit.

Sie warf Chloe einen kurzen Blick zu.

»Nein, wirklich«, sagte sie, »das ist meine künstlerische Arbeit.«

Sie beschrieb mehrere Aufträge, an denen sie gerade arbeitete, darunter ein besonders guter von einem Fernsehproduzenten in Pacific Palisades.

»Ich darf nicht sagen, wer, aber den Namen kennst du.«

Er kannte keinen einzigen Namen.

»Lässt uns im Prinzip vollkommen freie Hand«, schwärmte sie. »Frei nach dem Motto, Hauptsache raus mit dem alten Zeug.«

Er fragte sich, ob Chloes Darstellung ihrer Mutter als verhinderte Künstlerin in Wahrheit mehr über Chloe sagte als über Alison.

Francis kam eine halbe Stunde zu spät. Und weil er zunächst vollauf damit beschäftigt war, seine Taschen wegzuräumen, bemerkte er Jeff gar nicht. Er entschuldigte sich für die Verspätung, er habe nach der Arbeit beschlossen, noch kurz ins Fitnessstudio zu gehen. Seine Haare waren nass. Als Alison ihn an den Besuch erinnerte, hob er den Kopf, und einen kurzen Moment lang, bevor er lächelnd die Hand ausstreckte, sah er Jeff verständnislos an – ein Blick, der, zusammen mit den nassen Haaren, Jeff durch Mark und Bein ging.

Jeff fühlte sich zu einer höflichen Reaktion auf Francis' Entschuldigung verpflichtet, stellvertretend für Alison und Chloe, die genervt aussahen.

»Fitnessstudio«, sagte er. »Immer in Form bleiben.« Und dann schlug er alle Vorsicht in den Wind: »Gehen Sie schwimmen?«

Francis fixierte ihn kurz. Nur eine Millisekunde. Ein Stich der Angst wie bei einem Tier in der Falle.

»Squash«, sagte er. »Ich habe danach geduscht. Im Fitnessstudio.«

Im Fitnessstudio. Eine unnötige Erklärung. Jeder wäre davon ausgegangen, dass er im Fitnessstudio geduscht hatte. War Francis vielleicht gar nicht im Fitnessstudio gewesen, sondern mit seiner Geliebten im Hotel?

»Der Arzt hat gesagt, du sollst es nicht übertreiben«, warnte Chloe.

Francis sah Alison an, und sie verstand sofort. Dieses Thema wurde nicht außerhalb der Familie diskutiert.

»Chloe«, sagte Alison. »Schenk deinem Vater ein Glas Wein ein.«

Francis schüttelte Jeff die Hand, hieß ihn in seiner bescheidenen Hütte, wie er sie nannte, willkommen und lächelte freundlich. Auch er erwähnte, dass das Haus nur gemietet war. Keine Spur mehr von den zweifelhaften Komplimenten oder verhüllten Drohungen, mit denen er Jeff in seinem Büro bedacht hatte. Der Francis, der hier vor ihm stand, war ein offenherziger Mann, der vom Freund seiner Tochter angetan schien. Auch hier galt, was Alison über die Kunst an den Wänden gesagt hatte: Die Arbeit blieb im Büro.

Kurz vor dem Essen wurde passend zum Rinderfilet, das Alison zubereitet hatte, ein edler Rotwein geöffnet. Francis benahm sich wie ein König in seinem kleinen Schloss, und Alison und Chloe achteten darauf, dass er jederzeit alles hatte, was er brauchte. Als die beiden in der Küche das Essen auftaten, saßen Francis und Jeff ein Weilchen allein am Tisch. Francis fragte noch einmal, wo Jeff vor FAFA gearbeitet hatte. Jeff berichtete vom Start-up, aber Francis schüttelte den Kopf.

»Nichts in der Kunstbranche?«

»Nada«, sagte Jeff.

Francis sah ihn mit leicht zusammengekniffenen Augen an.

»Warst du öfter bei Vernissagen?«, fragte er.

Jeff befürchtete, dass Francis ihn über seine Erfahrungen aushorchen wollte, und schwindelte ein bisschen.

»Wenn ich es einrichten konnte, ja«, sagte er.

»Ah«, meinte Francis. »Deshalb.«

»Was denn?«

»Du kommst mir bekannt vor. Schon als ich dich in mein Büro gerufen habe. Hat mich nicht mehr losgelassen. Ich hatte das Gefühl, dich schon mal irgendwo gesehen zu haben, aber ich wusste nicht mehr, wo.«

»Sie sehen bestimmt viele Leute«, meinte Jeff.

»Ich vergesse nie ein Kunstwerk«, erwiderte Francis. »Und ich vergesse nie ein Gesicht.«

Beim Essen wurde Jeff ein paarmal nach seiner Meinung gefragt, wie Eltern es eben so tun, um den neuen Freund der Tochter ein bisschen zu beschnuppern, aber zumeist lauschte er nur der Unterhaltung der Arsenaults.

Das Gespräch hatte eine ganz klare Dynamik: Francis gab nicht sehr sachkundige Kommentare über Dinge ab, die Chloe tat oder von denen er annahm, dass sie sie tat, ganz der kontrollwütige Helikoptervater. Dann schaltete Alison sich mit einer realistischeren Darstellung der Situation ein und relativierte Francis' Sicht, äußerte aber auch Verständnis für die Besorgnis, die seinen Bemerkungen zugrunde lag. Daraufhin beschwerte Chloe sich, dass sie erwachsen sei und auch so behandelt werden wolle. Jeff hätte ein Diagramm ihrer Diskussion zeichnen können, mit Pfeilen und Verbindungslinien für Macht, Sorge, Kontrolle, Geld, Freiheit und Liebe. Auf ihn, der so etwas nie erlebt hatte, wirkten sie wie eine ganz normale Familie.

Gelegentlich warf Francis Jeff einen Mitleid heischenden Blick zu, aber Jeff bemerkte auch, dass er ihn ab und zu aus dem Augenwinkel forschend betrachtete. Beneidete er Jeff um seine Jugend? Überlegte er, ob sein Leben vielleicht ganz anders verlaufen würde, wenn er in die Zeit zurückkehren könnte, als er Anfang zwanzig war? Oder grübelte er immer noch darüber nach, warum Jeff ihm so bekannt vorkam?

Jeff beobachtete Francis ebenfalls, und zwar nicht nur, um zu verstehen, wer er wirklich war, sondern auch, um herauszufinden, was es mit Chloes Bemerkung auf sich hatte. *Der Arzt hat gesagt, du sollst es nicht übertreiben.* Wie stand es um seine Gesundheit? Wollte der Arzt ihn warnen, dass das, was ihm beim Schwimmen passiert war, wieder passieren konnte? Jeff war klar, dass er sich nicht nach Francis' Gesundheit erkundigen konnte, nicht nachdem Alison so entschieden vom Thema abgelenkt hatte, und dieser Mann schien absolut kerngesund zu sein.

Francis genoss sein Steak und seinen Wein. Seine Wangen waren rosig, und er saß aufrecht wie ein Stock. Obwohl er einen langen Tag gehabt hatte und im Fitnessstudio oder bei einem Rendezvous gewesen war, wirkte er nicht müde. Er war bekannt für seine unerschöpfliche Energie, das hatte Jeff in der Galerie gehört, und jetzt schenkte er so eifrig Wein nach, als würde er mit Jeff um die Wette trinken. Andererseits konnte Jeff sich nicht recht vorstellen, dass der fröhlich bechernde Francis ihn beim Trinken oder sonst irgendwo jemals als Konkurrenten ansehen würde, vor allem, wenn man ihre jeweiligen Positionen bei FAFA bedachte.

Irgendwann stieß Francis ein fast leeres Weinglas um, und ein roter Fleck breitete sich auf dem Tischtuch aus. Alison sprang sofort auf und rückte dem Weinfleck mit Salz und Küchenpapier zu Leibe. Francis fluchte leise, aber sie versicherte ihm, das würde wieder rausgehen, und fragte, ob er neuen Wein wolle. Ihr war weder Ärger noch Unterwürfigkeit oder Angst anzumerken, sie strahlte nichts als Ruhe und Gelassenheit aus. Dann gab sie Francis einen Kuss auf die Stirn und sah ihn mit der Zärtlichkeit vieler gemeinsamer Jahre an. Unwillkürlich stellte Jeff sich das Gegenstück dieses Gesichtsausdrucks vor – wie hätte Alison wohl ausgesehen, wenn sie den Verlust von Francis hätte betrauern müssen?

Nach dem Unglück mit dem Weinglas wurde Alison ein wenig stiller. Zuerst vermutete Jeff, dass sie ähnlichen Gedanken nachhing wie er, nämlich dass die Dinge auch anders hätten laufen können und dass dann kein Francis am Kopf des Tisches sitzen würde. Jeff machte ein paar Scherze in ihre Richtung, und sie lachte auch, aber es war nur ein höfliches, kein echtes Lachen. Sie blieb verhalten. Vielleicht war sie einfach erschöpft oder hatte genug von Francis' Energie, oder der Alkohol hatte sie müde gemacht.

Gegen Ende des Abends, als sie den Nachtisch aßen, fragte Jeff sich, ob die dunkle Wolke über ihr vielleicht gar nichts mit der Angst um Francis zu tun hatte, sondern mit dem Verdacht – oder sogar dem Wissen –, dass Francis nicht im Fitnessstudio gewesen war, sondern bei einem Rendezvous.

Das konnte er natürlich nicht ansprechen, aber als er später mit Chloe in ihrem Zimmer war – Alison hatte darauf bestanden, dass er über Nacht blieb, weil sie alle zu viel getrunken hatten –, fragte er sie, ob sie den Stimmungsumschwung ihrer Mutter bemerkt hatte. Sie verneinte, aber er hatte das Gefühl, dass sie nicht ehrlich war. Sie musste ihn mindestens bewusst ignoriert haben. Tja, wir tun eben alles, um uns vor der Wahrheit zu schützen.

An diesem Abend liebten sie sich, beziehungsweise hatten Sex; er wollte es immer »lieben« nennen, aber sie war in dieser Hinsicht sehr nüchtern, nannte Sex Sex, sprach offen darüber, dass sie beide kommen sollten, und so weiter. Eine solche Direktheit hatte er noch nie bei einer Frau erlebt, und es war Lichtjahre entfernt vom romantischen Drum und Dran, mit dem G den Liebesakt ausgeschmückt hatte. Mit ihrer unsentimentalen Haltung wirkte Chloe auf ihn fast eher wie ein Kerl, besonders wenn sie hinterher in Nullkommanichts einschlief.

An jenem Abend war er zögerlich und ging nicht davon aus, dass etwas passieren würde. Sie waren schließlich im Haus ihrer Eltern und Francis und Alison nur eine Etage von ihnen entfernt. Aber Chloe hatte Lust und sagte etwas von Betteinweihung. Sie war beschwipst und ausgelassen. Er ließ sich von ihr anstecken, obwohl er Sorge hatte, ihre Eltern könnten etwas mitbekommen, woran Chloe allerdings keinen Gedanken zu verschwenden schien. Vielleicht lag es an der Vorstellung, sie könnten zu laut sein und Francis würde sie hören, und zugleich an dem Flashback, den der Anblick von Francis' nassen Haaren bei ihm ausgelöst hatte, auf jeden Fall bekam er die Rettungsaktion nicht aus dem Kopf. Er verdrängte die Erinnerung und gab sich ganz Chloe hin, aber es tauchte alles wieder auf, bis ihm schließlich ein Gedanke kam, der schon die ganze Zeit in seinem Unterbewusstsein gegärt hatte, nämlich dass er sich in diesem Moment seine Belohnung nahm.

Die Vorstellung ekelte ihn an.

Nein, sagte er sich, die Begegnung mit Chloe war reiner Zufall gewesen und hing mit seiner anderen Suche nur am Rande zusammen. Er hatte sich in sie verknallt. Er liebte sie. Sie liebte ihn. Er sagte sich, dass es unmöglich etwas mit Francis' Rettung, mit einer Entlohnung für ein neu geschenktes Leben zu tun haben konnte. Aber war das wirklich so unmöglich? Was, wenn er sich in Wirklichkeit nur etwas vormachte und eine elementare, fast animalische Ebene seines Bewusstseins eine ganz eigene Rechnung aufgestellt hatte, so wie die Hierarchie in der Kunstgalerie vielleicht auch nur eine andere Version der Hierarchie in einer Gruppe Gorillas war?

Schließlich vögelte er die Tochter des Mannes in dessen eigenem Haus. Diese Betrachtungsweise empfand er als so widerwärtig, dass er völlig aus dem Konzept kam und sein Körper ihn zum ersten (wenn auch nicht letzten) Mal in seinem Leben im Stich ließ. Er schob es auf den Alkohol und sorgte dafür, dass Chloe trotzdem auf ihre Kosten kam. Danach schlief sie sofort ein. Er lag da, ließ ein Bein aus dem Bett hängen, um das sich drehende Zimmer anzuhalten, starrte an die Decke und wünschte sich, er könnte diesen Moment – Chloe und er im Bett, jung, betrunken und verliebt – festhalten und alles, was mit seiner Entstehung zu tun hatte, auslöschen.

38

»Hast du dir jemals gewünscht, die Vergangenheit auszulöschen?«, fragte Jeff.

Draußen fielen die Strahlen der sinkenden Sonne schräg durch die Wolken, und ihre Kraft, die Welt zu erhellen, ließ mehr und mehr nach. Im Schein der Deckenleuchten wirkte Jeffs Gesichtsausdruck müde, gelegentlich sogar finster.

»Ja, sicher, aber —«

»Es geht nicht.« Jeff hob das Glas. »Klar, wir können uns betrinken, aber morgen ist alles wieder da. Wir müssen mit unseren Entscheidungen leben.«

»Und aus heutiger Sicht? Meinst du, es war tatsächlich deine Belohnung?«

»Das ist eine komplizierte Frage«, meinte er, »und durch das, was danach kam, ist sie noch komplizierter geworden.«

»Und das wäre?«

»Wie gesagt, warte ab.«

»Okay, meinetwegen, aber es sieht ja so aus, als würde es dir ziemlich gut gehen. Du bist verheiratet, hast Kinder. Du reist um die Welt, und zwar stilvoll, du vertrittst Künstler und Künstlerinnen und verkaufst ihre Werke. Wenn du alles, was dich hierhin gebracht hat, auslöschen könntest, würdest du das wirklich tun?«

Er nickte.

»Alles, was du mir gerade erzählt hast?«

»Ohne zu zögern«, sagte er.

»Und das befriedigende Gefühl zu wissen, dass du das alles hart erarbeitet hast? Das Gefühl, dass du dein Schicksal in die Hand genommen hast? Das wäre dann auch weg.«

»Ich würde es trotzdem tun«, erwiderte er.

39

Nach dem Essen bei Francis fühlte es sich für Jeff merkwürdig an, wieder zur Arbeit zu gehen, am Empfangstisch
zu sitzen, Anrufe entgegenzunehmen, sie an Marcus durch-
zustellen, auf Notizblöcke zu kritzeln, die Post zu sortie-
ren. Die Hierarchie hatte sich verändert, aber er wusste
nicht genau, ob die anderen es überhaupt bemerkten, vor
allem angesichts der Mauer, die Francis zwischen seiner
Arbeit und seinem Privatleben errichtet hatte. Am nächsten Morgen war Jeffs Stimmung schon weniger gedrückt
gewesen, Chloe und er waren zwar beide ein wenig ver-
katert, aber bei Licht betrachtet war er wieder davon überzeugt, dass seine Gefühle für sie aufrichtig waren und dass
er auch dann mit ihr zusammen wäre, wenn er sie auf der
Straße getroffen und sie nichts mit seinem sonstigen Leben
zu tun hätte, dass er sich auch dann an diesem Morgen mit
einem Becher Kaffee und einer Scheibe Toast in der Hand
aus dem Haus ihrer Eltern geschlichen hätte. Das Gespenst
des berechnenden und eigennützigen Jeffs war in der
Dunkelheit verschwunden, vorerst zumindest, und er war
wieder überzeugt, ein anständiger Mensch zu sein.
  Als Francis die Galerie betrat, sagte er »Morgen« und
nickte Jeff zu, was er vorher nie getan hatte. Es waren keine
Zeugen anwesend, aber Jeff nahm die Begrüßung als Zeichen einer fundamentalen Veränderung seiner Stellung in

der Galerie. Und er täuschte sich nicht. Ein paar Stunden später wurde Marcus nach unten geschickt, um Jeff zu einer weiteren Besprechung mit Francis zu holen. Mit einem Was-findet-der-bloß-an-dir-Kopfschütteln teilte er Jeff mit, dass der Boss ihn in seinem Büro sehen wolle. Jeff zuckte die Achseln und überließ Marcus den Platz am Empfangstresen.

Als er durch den Flur im Obergeschoss ging, hatte er den Eindruck, dass Andrea und Fiona ihm hinterhersahen, als wäre er auf dem Weg zu seiner Hinrichtung. Er betrat Francis' Büro, und nachdem Francis ihn gebeten hatte, die Tür hinter sich zu schließen, deutete er auf den Stuhl gegenüber von seinem Schreibtisch. Jeff setzte sich. Francis musterte ihn von Kopf bis Fuß.

»Du erinnerst mich an mich selbst, als ich in deinem Alter war«, sagte er dann. »Das gefällt mir.«

»Danke«, sagte Jeff.

»Du wirst mich nicht enttäuschen, oder?«

Jeff schüttelte den Kopf.

Francis lachte. »Das war eine rhetorische Frage. Natürlich wirst du das. Das ist der Lauf der Dinge. Aber bis es so weit ist, lass uns noch was rocken. Ich plane ein Dinner am Donnerstag, und ich möchte dich gerne dabeihaben. Einige von unseren Künstlern sind da und ein paar Sammler. Schaffst du das, ohne dass dir den ganzen Abend der Mund offen steht?«

Jeff war gar nicht bewusst gewesen, dass ihm das passierte.

»Ich sehe die Sache so«, fuhr Francis fort. »Entweder man hats drauf, oder man hats nicht drauf. Das gilt für

Künstler, Sammler und Händler, für alle. Und ich glaube, du könntest es draufhaben, aber ich bin mir noch nicht sicher. Wir finden es lieber früher als später heraus, und da gibts nur einen Weg. Wir schmeißen dich ins kalte Wasser, und dann sehen wir ja, ob du schwimmen kannst.« Falls er sich bei der Metapher an etwas erinnerte, ließ er es sich nicht anmerken. »Diese Schwachköpfe da draußen« – er deutete in Richtung Flur – »haben es jedenfalls nicht drauf. Werden sie auch nie. Versteh mich nicht falsch, sie sind super, sie halten den Laden hier am Laufen, aber sie sind die Produkte einer ganz bestimmten Art von Bürokratismus. Sie haben ihre Stellung erreicht, indem sie sich geduldig an ein bestimmtes System angepasst haben, sie sind mit Gewissenhaftigkeit, Fleiß und harter Arbeit die Karriereleiter hinaufgeklettert. Es hat funktioniert, aber es ist auch traurig. Weil sie nämlich glauben, dass sie auf die Weise eines Tages ganz nach oben kommen. Kennst du dieses Werk von Abdulrahman Miller? Das mit der Leiter?«

Jeff verneinte.

»Es ist eine ganz normale Holzleiter, wie man sie vielleicht auch schon mal an sein Haus gelehnt hat. Er hat sie in die Mitte des Raums gestellt, aber sie ist nirgendwo angelehnt. Sie führt einfach an die Decke. Er macht sie an den Deckenbalken fest und verputzt das Ganze, sodass es aussieht, als würde die Leiter einfach in der weißen Decke verschwinden. Bei der dazugehörenden Performance klettert er dann hoch, Sprosse für Sprosse, bis er sich den Kopf an der Decke stößt. Dann steigt er wieder runter und fängt von vorne an. Nach der Performance bleibt die Leiter in der Galerie, und man sieht den Fettfleck oben an der

Decke, wo er immer mit dem Kopf gegengestoßen ist. Das Werk lässt einen natürlich an die gläserne Decke denken, an die eingeschränkten Chancen für Schwarze in Amerika – er ist schwarz. Aber in meinen Augen steht es auch für die Neigung der Amerikaner, die Neigung aller Menschen, das ganze Leben in eine beschissene Leiter zu verwandeln, die ganze wilde, ungezügelte Welt, in der alles nur einen Wimpernschlag vom Chaos entfernt ist, der Tod immer vor Augen, und sich nur auf seinen sogenannten Karriereweg zu konzentrieren, du weißt schon, Erfahrungen, Lebenslauf, der ganze Müll. Damit meine ich nicht, dass Erfahrung wertlos ist, sie ist natürlich unerlässlich, aber wie bekommt man sie? Das ist das Problem mit Leuten, die in zu vielen Galerien gearbeitet haben und nicht deshalb aufgestiegen sind, weil sie irgendwie genial wären, sondern nur, weil sie nicht gefeuert wurden oder weil sie einfach ihren Weg gegangen sind – sie sind alle genau gleich. Sie denken, die Leiter führt immer weiter bis ganz nach oben, aber das tut sie nicht. Manche sind natürlich schon zufrieden, wenn sie ein bisschen was erreicht haben, und machen es sich auf irgendeiner Sprosse bis an ihr Lebensende gemütlich, und die sind auch total nützlich, denn sie sorgen dafür, dass der Betrieb funktioniert. Aber die Ehrgeizigen, die sind wirklich erbärmlich, denn die Leiter führt nirgendwohin. Sie endet an der beschissenen Decke. So kann man doch nicht leben, Jeff. Ehrlich, ich kapiere das nicht.«

Francis merkte, dass er sich in Rage geredet hatte, und atmete ein paarmal tief durch. Aber er entschuldigte sich nicht. Er sah Jeff nur durchdringend an.

»Wir haben *ein* Leben. Ein einziges. Und das wars. Danach kommt nichts mehr. Wer will das schon auf einer Leiter verbringen?«

Er wartete auf eine Antwort.

»Ich nicht«, sagte Jeff.

»Genau. Du nicht. Hätte ich auch nicht erwartet. Ich natürlich auch nicht. Aber die da draußen« – er deutete noch einmal auf die Tür, und Jeff fragte sich, ob er wohl Marcus und Andrea meinte oder den Rest der Kunstszene oder den Rest der Welt –, »die tun das. Jeden Tag. Sie reden sich gegenseitig ein, dass sie nur nicht den Glauben verlieren dürfen. Was für einen Glauben denn bitte? Wir müssen machen, was wir wollen, Jeff, oder wir sind ein Nichts.«

Jeff war sich da nicht so sicher, aber er schwieg.

»Du hast Glück, dass du mich hast«, meinte Francis. »Jemanden, der dir sagt, wies läuft. Ich wünschte, ich hätte in deinem Alter jemanden wie mich gehabt.«

»Ich bin sehr dankbar«, erwiderte Jeff.

Francis winkte ab. »Ach, hör auf. Dinner am Donnerstag. Mr. Chow. Zwanzig Uhr.«

Jeff brauchte einen Moment, um die Information, die zuerst wie ein Geheimcode klang, zu verarbeiten.

»Dinner«, wiederholte er.

»Für Sascha.« Francis hatte den Blick schon wieder auf seinen Schreibtisch gesenkt. »Mach die Tür hinter dir zu.«

Unten saß Marcus über die Preisliste der Ausstellung gebeugt am Empfang. Als er Jeff sah, stand er auf und machte den Stuhl frei wie ein Diener für einen König.

»Wie war die Besprechung?«, fragte er.

»Gut«, meinte Jeff. »Er hat mich zu einem Dinner eingeladen.«

»Zu einem Dinner?«

»Für Sascha«, erklärte Jeff.

»Weißt du überhaupt, wer das ist?«

»Ein Sammler?«

Marcus lächelte.

»Nein?«

»Sieh zu, dass du auf deinem Weg nach oben nicht auf zu viele Köpfe trittst«, sagte Marcus.

40

Jeff erschien pünktlich. Das Restaurant war sehr elegant, mit weißen Tischdecken und einem Fliesenboden im Schachbrettmuster. Er fühlte sich sofort unsicher, obwohl er seine besten Sachen angezogen hatte, das Outfit, das er sich für die Vernissage gekauft hatte. Die Bedienung fragte nach seiner Reservierung, und als er den Namen Arsenault nannte, zog sie die Augenbrauen hoch, lächelte und bat ihn, ihr nach oben zu folgen. Sie führte ihn in einen separaten Raum, von dem aus man durch eine Glasscheibe das Restaurant im Erdgeschoss überblicken konnte, mit einem großen Tisch, der für zwölf Personen gedeckt war. Es war noch niemand da. Die Bedienung gab ihm eine Speisekarte und verschwand nach unten. Er stand vor dem Tisch, unschlüssig, welchen Platz er wählen sollte. Ihm war klar, dass die Kopfenden nicht infrage kamen und dass er sich wahrscheinlich besser mit dem Rücken zur Scheibe setzen sollte. Somit blieben fünf Plätze übrig. Der Mittelplatz kam nicht in Betracht – hier würden die zweitwichtigsten Leute nach denen am Kopfende sitzen. Also entweder ein Eckplatz oder jeweils der Platz daneben. Die Eckplätze waren wertvoller als die Plätze daneben, denn auf ihnen konnte man vertrauliche Gespräche mit der wichtigen Person am Kopfende des Tisches führen. Weil Jeff annahm, dass Francis am von der Tür entfernteren Ende des Tisches sitzen würde – wie bei sich zu Hause, wo Alison den Platz nahe der Küche gehabt hatte –, wählte er ebenfalls dieses Ende und setzte sich auf den Stuhl zwischen Eck- und Mittelplatz.

Sieh zu, dass du auf deinem Weg nach oben nicht auf zu viele Köpfe trittst. Er hatte Chloe berichtet, was Marcus zu ihm gesagt hatte. Ihre Vermutung war, Marcus sei neidisch, dass Jeff so viel Aufmerksamkeit bekam, und sie hatte ihm geraten, sich nicht so viele Gedanken um die anderen zu machen, sondern nur um sich selbst. Und wenn es irgendwann schiefging, egal, dann könne er sich auch woanders einen Job suchen. Sie würde bei ihm bleiben.

Ein Kellner erschien und fragte, ob er etwas trinken wolle. Er kannte sich nicht mit den Gepflogenheiten aus und war unsicher, ob es Alkohol gab oder ob es eher ein Arbeitsessen war, deshalb bestellte er einen Eistee. Beim Blick auf die Speisekarte sah er, dass sie extra für den Anlass zusammengestellt worden war. Dinner zu Ehren von Alex Post, dem Künstler, dessen Werke zurzeit in der Galerie ausgestellt waren und der ausgesehen hatte wie ein Bauarbeiter. Kein Wort von Sascha. Jeff überprüfte Datum und Uhrzeit auf der Speisekarte und stellte erleichtert fest, dass er tatsächlich da war, wo er sein sollte.

Zehn Minuten später führte die Bedienung eine junge Frau herein, gab ihr ebenfalls eine Speisekarte und ließ sie am Ende des Tisches stehen. Sie war groß, hager und nicht viel älter als Jeff. Doch sie entstammte einem anderen Universum. Sie sah aus wie ein Model, aber sie gab sich alle Mühe, nicht wie eine klassische Schönheit zu wirken, ohne sich jedoch wirklich hässlich zu machen. Sie hatte

Mascara und Rouge aufgetragen, wenn auch etwas hastig. Ihre Haare waren in verschiedenen Farben gefärbt und zu einem Knoten gedreht, in dem ein Essstäbchen steckte. Über einem sehr teuer aussehenden champagnerfarbenen Slip Dress trug sie eine Strickjacke vom Flohmarkt. Bei der Platzwahl zögerte sie keinen Moment, sondern ging sofort auf die andere Seite des Tisches zum Eckplatz, der nach Jeffs Berechnungen der Platz rechts von Francis sein würde. Sie hängte ihre Tasche über die Lehne und setzte sich. Ihre Hände waren voller Farbflecken, die Fingernägel kurz geschnitten.

Jeff stellte sich vor. Sie setzte ein Pro-forma-Lächeln auf und sagte, sie heiße Astrid. Jeff konnte ihren Akzent nicht ganz zuordnen, osteuropäisch vielleicht, aber später am Abend rutschte sie dann in eine Art pseudo-britisches Englisch, gewürzt mit ein wenig amerikanischer Umgangssprache. Er fragte sie, ob sie wisse, wann die anderen kämen. Ihr Schulterzucken machte deutlich, dass sie kein Interesse an einer Unterhaltung hatte. Der Kellner erschien und fragte sie nach ihrem Getränkewunsch. Sie nannte etwas, das Jeff noch nie gehört hatte, und bestellte es *on the rocks*. Seine Frage, ob sie Künstlerin sei, bejahte sie mit einem spöttisch hochgezogenen Mundwinkel, der ihm zu verstehen gab, sie wisse schon, dass er keiner sei.

Jeff las sich die Speisekarte durch, konnte sich aber auf nichts einen Reim machen. Shanghai Little Dragon? Betrunkener Fisch? Zockerente? Lilienzwiebel mit japanischem Yams?

Dann erschien der Rest der Gesellschaft, Alex Post in seinem Overall, Francis in einem blauen Leinenanzug ohne

Krawatte und ein paar Männer und Frauen zwischen vierzig und sechzig, die aussahen, als würden sie dank ihres Reichtums in einer Welt ohne Konsequenzen leben. Schrille Brillen, ein gestreiftes Jackett und das wehende Cape einer Frau zeigten unmissverständlich an, dass man es hier mit Nonkonformisten, mit Menschen von gutem Geschmack, mit Kennern der Kunstszene zu tun hatte.

Francis setzte sich genau da hin, wo Jeff es erwartet hatte, und begrüßte Astrid freundlich, aber nicht überschwänglich. Doch Jeff sah etwas, das den anderen entging – oder das sie nicht sehen wollten. Francis legte seine Hand auf Astrids und drückte sie.

Sie war auf fremdartige Weise schön, und ihre Jugend musste auf Francis anziehend wirken. Jeff dagegen fand ihr Äußeres nicht ansprechend, er sah sie vor seinem geistigen Auge mit ihren langen Armen und Beinen wie eine Spinne über das Bett krabbeln.

Eine zweite Runde Getränke wurde bestellt. Dieses Mal nahm Jeff einen Gin Tonic. Stumm verfolgte er die Gespräche am Tisch, versuchte sich zusammenzureimen, wer wer war, und achtete darauf, dass ihm der Mund nicht offen stand.

Erst nach langer Zeit nahm Francis seine Anwesenheit zur Kenntnis, und dann auch nur, um ihn geistesabwesend als »neu in der Galerie« vorzustellen, ohne Jobbezeichnung.

Endlich kam das Essen. Jeff war schon fast verhungert. Er aß alles, was er vorgesetzt bekam, vermied es jedoch, vor den anderen Gästen fertig zu sein. Astrid dagegen rührte ihr Essen nicht an, sondern hielt Francis und zwei Sammlern einen philosophischen Vortrag. Sie redete ohne Punkt und Komma über Prozesse und Oberflächen und die Tücken von Kunstwerken, die eigentlich nur als Dekoration taugten. Nachdem Jeff endlich verstanden hatte, was sie sagen wollte, merkte er, dass sie sich mit ihrer Argumentation im Kreis drehte, aber die Männer ließen sie reden, hörten zu und bewunderten sie. Sie spielte die Rolle der tiefsinnigen Künstlerin und hatte doch nur aus den oberflächlichsten Gründen Einlass in diese Welt bekommen. Doch kaum hatte er dies gedacht, riss er sich zusammen. Was wusste er denn schon? Vielleicht war sie ja eine geniale Künstlerin. Vielleicht war sie nicht mal Francis' Geliebte. Damals hinterfragte er stets sein Urteil, sobald er schlecht über jemanden dachte.

Der Mann zu seiner Rechten war anscheinend Sammler. Er tat zuerst so, als werde er von Francis umworben, und als das nicht funktionierte, versuchte er sich bei Francis einzuschmeicheln. Offensichtlich war er steinreich, denn er ließ beiläufig fallen, welche irrsinnigen Summen er für Blue-Chip-Künstler hingelegt hatte, aber entweder wollte Francis jetzt nicht über Geld reden, oder er zierte sich absichtlich. Aus jedem Versuch des Sammlers, seinen Reichtum in Status oder Prestige oder sogar – die Vorstellung machte Jeff regelrecht traurig – in Freundschaft umzumünzen, sprach die Unsicherheit.

Am anderen Ende des Tisches diskutierte Alex Post, der schon einige Drinks intus hatte, mit seinem Künstlerkollegen im gestreiften Jackett über weltbewegende Fragen, und sie tauschten haarsträubende Behauptungen aus. Sie spielten ein bisschen Theater, dachte Jeff, als Gegenleistung für ein gutes Essen und Drinks und den Verkauf ihrer Werke. Es schien sie nicht zu stören.

Links von Jeff saß die Frau mit dem Cape. Sie blieb die ganze Zeit stumm. Anfangs hatte Jeff Sorge, sie würde sich langweilen, aber als er sie genauer ansah, entdeckte er Belustigung in ihrem Blick. Er stellte sich vor, und sie begannen eine Unterhaltung, ein Zwiegespräch inmitten des Trubels am Tisch.

Er fragte sie, ob sie Sascha kenne.

Sie antwortete, abgesehen von ihrem Mann sei er ihr Lieblingskünstler bei FAFA.

»Sehen Sie ihn sich doch an. Allein dieser Overall«, sagte sie und deutete auf Alex Post.

Jeff nickte, um seine Verwirrung zu verbergen. Später am Abend erklärte Chloe ihm, dass Sascha ein in Osteuropa üblicher Spitzname für Alexander war.

Die Frau wollte von Jeff wissen, ob er bei Francis eine Veränderung bemerkt habe. Er entgegnete, dass er noch nicht lange für ihn arbeite, und fragte zurück, was für eine Veränderung sie meine.

Sie habe seine Geschäftspraktiken schon immer für etwas zwielichtig gehalten, ständig habe er ein Loch mit dem anderen gestopft, wie es so schön heißt. Aber jetzt verarsche er, so sagte sie wörtlich, unverhohlen seine eigenen Künstler. Ihr Mann befinde sich gerade in einer heiklen Entwicklungsphase, aber Francis habe ohne Rücksicht darauf neue Arbeiten von ihm verlangt. Und als ihr Mann diese nicht liefern konnte, habe er unfertige Werke aus dem Atelier gestohlen, die Signatur ihres Mannes gefälscht und sie verkauft. Ihr Mann habe nichts gesagt. Wie sollte er auch? Das Geld war schon auf dem Konto. Ihr Mann werde über den Tisch gezogen, Francis sauge ihn aus, und bald würde nichts mehr von ihm übrig sein.

Jeff beobachtete den Künstler mit dem gestreiften Jackett am anderen Ende des Tisches. War das der Ehemann? Er lachte über eine Bemerkung von Alex Post, er sah unbeschwert und lebensfroh aus.

»Kokain«, sagte die Frau, die Jeffs Blick gefolgt war. »Heftige Droge.«

Jeff fragte sich, warum Francis ihn eigentlich eingeladen hatte. Weder lernte er hier Sammler kennen noch kümmerte er sich um exzentrische Künstler und ihre Marotten. Stattdessen sah er einem Haufen alter Leute beim Feiern zu und ertrug das Genörgel der Ehefrau eines Malers mit Schaffenskrise. Er sah zu Astrid und versuchte in ihrem Gesicht zu lesen. Sie monologisierte nicht mehr, sondern saß mit abwesendem Lächeln da und zuckte hin und wieder zusammen, ob wohlig oder vor Schmerz vermochte Jeff nicht zu sagen. Francis grinste teuflisch. Er hatte die Hand unter der Tischplatte.

»Eines muss man ihm lassen«, sagte die Künstlerehefrau. »Er hat Chuzpe. Fragt niemanden um Erlaubnis. Eine unaufhaltsame Kraft auf der Suche nach einem unbeweglichen Objekt. Als er sich die Rippen gebrochen hatte, haben wir ihm ein kleines Care-Paket vorbeigebracht, nur symbolisch, und Sie glauben gar nicht, wie Alison sich gefreut hat, uns zu sehen. Sie hat uns direkt gefragt, ob wir ihn nicht mitnehmen können. Nur als Witz natürlich, aber in Wirklichkeit war das bitterer Ernst. Ich habe den Wahnsinn gar nicht selbst miterlebt. Er lag oben, sie hatten

ihn mit Vicodin zugeballert, und er hatte den ausdrück-
lichen Befehl erlassen, dass ihn auf gar keinen Fall irgendjemand so sehen darf.

Meinen Sie, er merkt, dass ich gerade über ihn rede?«,
fragte sie dann.

Jeff wandte den Kopf zu Francis, der schon in seine
Richtung sah. Sein Blick war ausdruckslos, unergründlich.
Dann lächelte er und fragte Jeff, ob er sich amüsiere.

41

»Ich sagte Ja, natürlich sagte ich Ja, aber um ehrlich zu sein, hatte ich keine Ahnung, ob ich mich amüsierte. Mir schwirrte der Kopf von der ganzen Sache, Astrid, die Frau neben mir, die Künstler, die Sammler, das edle Restaurant. Ganz abgesehen von den Drinks. Ich habe versucht, mich zurückzuhalten, aber es nahm überhaupt kein Ende. Ich hatte damals zum Glück die Strategie, den Mund lieber gar nicht erst aufzumachen, wenn ich betrunken war. In vino veritas. Wer nichts sagt, sagt auch nichts Dummes.«

»Sehr weise.«

»Jetzt gerade halte ich mich irgendwie nicht daran«, bemerkte er und hob sein Glas. »Aber ich vermute mal, ich sehe dich sowieso nie wieder.«

»Warte ein paar Jahrzehnte«, erwiderte ich.

Er schmunzelte, aber nichts in seinem Blick ließ erkennen, dass er es nicht ernst gemeint hatte. Als wäre ein Vorhang angehoben und wieder fallen gelassen worden.

»Du hast das alles lange für dich behalten«, durchbrach ich das Schweigen.

Er nickte.

»Und jetzt hast du dich entschieden, es mir zu erzählen.«

»Wie gesagt, dass ich dich getroffen habe … das hat den Stein ins Rollen gebracht.« Er suchte nach Worten.

»Wir werden schließlich nicht jünger. Diese OP, die ich erwähnt habe. Ich fand mich in einem dunklen Wald und so weiter. Dante.«

»Aha«, sagte ich.

»Und dann bist plötzlich du aufgetaucht. Kismet.«

Ich blickte wohl etwas skeptisch drein, denn er versuchte es noch einmal.

»Ich habe irgendwie schon seit einer Weile das Gefühl, ich müsste meine Geschichte jemandem anvertrauen.« Er presste die Hände zusammen und lächelte grimmig. »Und wer würde sich dafür besser eignen als jemand, der auch ganz am Anfang dabei war?«

»Das hast du vorhin schon gesagt. Ich verstehe nur nicht, warum das so wichtig sein soll.«

»Du hast mich damals gekannt. Du weißt, dass ich ein gutes Herz hatte.«

Ihn gekannt? Bestenfalls flüchtig. Ich fühlte mich gedrängt, etwas zu bezeugen, das ich in Wirklichkeit gar nicht miterlebt hatte.

»Zumindest weiß ich«, sagte er, »dass du es nicht gegen mich verwenden wirst.«

»Ich habe nicht vor, dich zu erpressen, falls du das meinst.«

»Das geschieht doch ständig. Jeder kennt fremde Geheimnisse.«

Erpressung war eine Sache, Geheimnisse eine andere. Er wusste, dass ich Schriftsteller war. Mir kam der Gedanke, ob das vielleicht der Zweck des Ganzen sein sollte – oder inzwischen geworden war. Ein Selbstporträt.

»Ich kann für nichts garantieren«, sagte ich.

»Warte ab.«

Da war er wieder, dieser Satz. Der Nachdruck, mit dem er ihn wiederholte, erinnerte mich an die Beteuerung von Telefonverkäufern, dass ihr Anruf rein informativ sei – während doch jeder Satz, jede Einzelheit Teil der Verkaufsmasche ist.

»Dieses Dinner war ein Wendepunkt für mich«, erklärte Jeff, »denn vorher hatte ich nur beobachtet, war noch zu keinem Schluss gelangt, hatte noch kein Urteil gefällt. Aber in der Unterhaltung mit dieser Frau kristallisierte sich aus meinen diffusen, unfertigen Gedanken ein Bild heraus. Sie fasste in Worte, was vollkommen offensichtlich war, aber was ich bisher nicht mal mir selbst hatte eingestehen wollen. Francis war ein Arschloch.«

»Und du hattest ihm ein neues Leben geschenkt.«

»So ist es«, sagte Jeff und leerte sein Glas.

42

Am folgenden Wochenende holte Chloe Jeff mit ihrem kleinen BMW ab und fuhr mit ihm in den Mandeville Canyon, um sich den Baufortschritt an der Villa anzusehen.

Das Grundstück war von einem mit grüner Plane bespannten Bauzaun umgeben, aber am Eingang waren zwei Zaunelemente nur lose mit einer Kette verbunden, sodass sie hindurchschlüpfen konnten. Auf der anderen Seite blieb Chloe abrupt stehen und starrte die massiven Stahlträger und Holzrahmen an.

»Ich sehe das Haus immer noch vor mir, wie es mal war.«

»Vermisst du es?«

Sie erzählte, das alte Haus sei gemütlich gewesen, voller unsichtbarer Pfade, die in all den Jahren nach und nach entstanden waren. Ein echtes Zuhause. Nicht so wie dieses Ungetüm, das kaum mehr darstellte als ein absurdes Prunkstück für ihren Vater und eine leere Leinwand für ihre Mutter.

Durch eine große Öffnung betraten sie den zukünftigen Eingangsbereich. Man sah durch den gesamten Rohbau bis zum Hang hinter dem Grundstück.

»Das hört ja überhaupt nicht mehr auf«, sagte Jeff.

»Ist noch lange nicht alles.« Sie führte ihn über den Unterboden aus Sperrholz zu einem großen rechteckigen

Loch und eine Treppe hinunter in den Keller, der, anders als sonst in Kalifornien üblich, nicht nur aus einem einzigen kleinen Raum bestand, sondern sich über die gesamte Grundfläche des Hauses erstreckte und eine Deckenhöhe von bestimmt drei Metern hatte. Das Licht, das durch kleine Fenster am Rand auf zig laufende Meter Kiefernholz fiel, ließ alles in goldgelbem Glanz erstrahlen.

»Wahnsinn«, sagte Jeff. Seine Stimme hallte von den Betonwänden wider.

»Mein Dad ist ein Fan von viel Wohnfläche.«

Chloe führte ihn den zukünftigen Flur entlang, an der zukünftigen Waschküche vorbei, dem Zimmer der Haushaltshilfe und so weiter. Bei all den Räumen wurde Jeff regelrecht schwindelig, und er hatte auf einmal das Gefühl, sich nicht mehr in diesem Haus und in dieser Straße zu befinden, sondern an irgendeinem anderen, undefinierbaren Ort in weiter Ferne.

Am Ende des Flurs erreichten sie einen großen Raum.

»Das hier wird ein Kino.«

Chloes Trauer über den Verlust ihres alten Zuhauses war wachsender Begeisterung gewichen. Jeff gab sich Mühe, beeindruckt auszusehen, aber insgeheim war er wie üblich mit den Gedanken bei Francis.

»Wenn du deinen Dad beschreiben müsstest«, fragte er, »was würdest du sagen, was ist er für ein Mensch?«

Er erwartete keine großen Erkenntnisse – echte Erkenntnisse über die eigene Familie erlangt man schließlich erst sehr spät, wenn überhaupt –, aber er hoffte doch, vielleicht ein paar erhellende Dinge über Francis' Charakter zu erfahren.

Chloe fragte, warum er das wissen wolle.

Er erzählte ihr von der Künstlerehefrau, die sich so kritisch über Francis geäußert hatte.

Sie tat es mit einem Schulterzucken ab. »Die Lady klingt ziemlich verbittert«, sagte sie.

Er erwähnte die Anschuldigung, Francis habe unfertige Werke aus dem Atelier des Künstlers gestohlen und seine Signatur gefälscht.

Chloe lachte. Das sei zugegebenermaßen ein ziemliches »Arschlochverhalten«, aber es wundere sie überhaupt nicht.

Und die Art, wie er mit seinen Angestellten umging, wie er sie anblaffte und scheinbar grundlos beschimpfte?

»Er ist eben bissig«, sagte sie. »Sie haben gewusst, worauf sie sich einlassen.«

Sie blockte alles ab, aber statt frustriert zu sein, war er beruhigt.

Erst viel später ging ihm auf, wie sehr er von ihrer Schönheit, ihrer Ausstrahlung abgelenkt war, von den Hormonen, die durch seinen Körper rauschten, als er sie im Halbdunkel des zukünftigen Kellerkinos umarmte.

Ebenfalls erst später erkannte er, dass all diese Vorwürfe für Chloe vollkommen unerheblich waren, und zwar nicht wegen ihrer Meinung dazu, sondern einfach weil sie mit ihr persönlich nichts zu tun hatten.

43

Und so näherte Jeff sich mehr und mehr Chloes Sichtweise an, dass ihr Vater ein Exzentriker war, vielleicht ein bisschen grob, aber nicht unbedingt ein schlechter Mensch, und dass die Frau des Künstlers wahrscheinlich beleidigt gewesen war und Dampf ablassen wollte. Dazu trug zweifellos auch die positive Verstärkung von Francis bei, der ihn vom Empfang in Fionas Büro versetzt hatte, wo er weiter an der Digitalisierung arbeiten und die Galerie ins einundzwanzigste Jahrhundert bringen sollte. Für Francis war Jeff das »Computergenie«, und Jeff widersprach dem nicht. Seine frisch erworbenen Excel-Kenntnisse hatten ihn in die Rolle des Datenbank-Profis katapultiert, und jetzt setzte er alles daran, sich unentbehrlich zu machen.

Fiona – die Marcus zufolge wusste, »wo die Leichen vergraben waren« – hieß Jeff in ihrer Registrarinnenwelt willkommen, und er stellte fest, dass sie die Digitalisierung der Daten schon weit vorangetrieben hatte. Aber ein ungewöhnlicher Charakterzug hielt sie davon ab, Anerkennung für diese Leistung zu beanspruchen. Sie schien absurderweise Gefallen daran zu finden, dass außer ihr und Jeff niemand wusste, wer in Wirklichkeit die treibende Kraft hinter dem digitalen Umbau war. Ob sie das aus Bescheidenheit tat, oder weil sie schlau genug war, Francis keine offene Flanke zu bieten, konnte Jeff nicht sagen.

Währenddessen brüllte Francis weiterhin Marcus und Andrea an, sooft sich die Gelegenheit bot. Jetzt, wo Jeff in der oberen Etage arbeitete, verstand er auch, was Francis von sich gab. Manches kannte er schon, es waren mit Schimpfwörtern gespickte, übellaunige Versionen der Ansprache, die Francis ihm selbst gehalten hatte. Ausgelöst wurden diese Tiraden meistens von einer unerwarteten Nachricht. Wenn Francis besagte Nachricht in einer Kunstzeitschrift las, ohne dass er vorher davon Kenntnis gehabt hatte, konnte er satte zehn Minuten am Stück über die Unfähigkeit seiner Mitarbeiter zetern. Dann machten Marcus und Andrea eifrig ihre Kotaus, bis Francis erschöpft in sein Büro zurückkehrte und die Tür hinter sich zuzog. Oft fanden die beiden erst viel später heraus, worüber er sich überhaupt aufgeregt hatte.

Während dieser Episoden wurde Fiona immer ganz still, als hätte sie Angst, mit dem kleinsten Geräusch Francis' Aufmerksamkeit zu erregen und dann auch zur Zielscheibe seines Zorns zu werden. Aber Jeff bekam kein einziges Mal mit, dass Fiona von Francis angebrüllt wurde.

Das lag zweifellos an den Informationen, die sie digital wie physisch unter Verschluss hielt. Je mehr Jeff davon zu sehen bekam, desto mehr gelangte er zu der Überzeugung, dass die Galerie im Prinzip ein kriminelles Unternehmen war. Gigantische Geldsummen wurden hin und her überwiesen, und Kunstwerke von dubioser Herkunft wanderten von Sammler zu Sammler, gefolgt von Formularen für einen steuerfreien Tausch, dank derer Steuerzahlungen zurückgestellt wurden, während gleichzeitig der Wert des Werkes stieg, so zumindest hatte Jeff es aus Fionas Erklärungen verstanden.

Er sah, wie das angeblich unvollendete Werk mit der angeblich gefälschten Signatur, das Francis aus dem Atelier des Malers geklaut hatte, an einen Sammler verkauft wurde und direkt in einem Lager verschwand. Er bekam Werke zu Gesicht, von denen sie zum Teil nicht mal Fotos besaßen und die keinesfalls in der Galerie gezeigt wurden: eine Serie von vier Arbeiten auf Papier von Picasso, einen Dürer, einen Matisse. Diese Werke wanderten von Hand zu Hand, als würde die Kunstszene damit Reise nach Jerusalem spielen.

Als Jeff eines Nachmittags mit dem Einscannen von Fotos beschäftigt war, tauchte plötzlich Astrid mit einer kleinen Portfoliobox im Flur auf. Er begrüßte sie wie eine alte Bekannte, und sie erwiderte den Gruß genauso kühl, wie er es erwartet hatte. Mit ihrem nicht identifizierbaren Akzent erklärte sie, sie wolle ein paar Dias für Francis vorbeibringen. Neue Arbeiten. Jeff sagte, Francis sei nicht im Büro. Astrid legte die Portfoliobox auf Jeffs Schreibtisch ab und nahm behutsam eine Art kleines Archivkästchen heraus, ungefähr zehn mal fünfzehn Zentimeter groß. Sie streckte es Jeff mit beiden Händen entgegen, als würde sie ihm ihr Baby übergeben. Er versprach ihr, es an Francis weiterzuleiten. Sie nahm ihre Portfoliobox vom Tisch und starrte ihn ausdruckslos an. Er versicherte ihr ein zweites Mal, Francis die Dias zu geben, sobald er zurückkam. Sie nickte kurz und wandte sich zum Gehen. Als sie sich umdrehte, rutschte der weite Kragen ihres Pullovers zur Seite und gab den Blick auf einen dunkelroten BH-Träger frei.

Sobald Astrid die Treppe hinunter verschwunden war, sah er sich die Dias an. Es waren Bilder von sechs großen

quadratischen Gemälden, hundertachtzig mal hundertachtzig Zentimeter, allesamt Akte einer dünnen Frau, deren
Körper fast die gesamte Leinwand füllte. Er empfand Ach-
tung vor der Arbeit, die in diesen großformatigen Werken
steckte, aber die Gemälde selbst ließen ihn, zumindest als
Dias, kalt. Das lag nicht an der Technik – Astrid konnte
wirklich malen –, sondern an etwas anderem, Jeff suchte
nach dem passenden Ausdruck. Eine klare Idee. Oder ein
Impetus. Ja, das war es, er erkannte keinen Impetus hinter
den Gemälden, außer dass sie Astrids Können zur Schau
stellten.

Er ging in Francis' Büro, stellte das Kästchen mit den
Dias auf dem Schreibtisch ab und starrte eine Weile auf den
Heiligenschein an der Wand, die Abwesenheit des Mannes. Er war noch nie allein in diesem Raum gewesen, es
hatte keinen Grund und keinen Vorwand dafür gegeben,
und jetzt kämpfte er mit dem Drang herumzuschnüffeln.
Was, wenn er eine Schublade von Francis' Schreibtisch auf-
machen würde? Was würde er finden? Er beschloss es zu
wagen, nur mit einer einzigen. Obwohl niemand ihn sah,
tat er so, als würde er das Diakästchen zurechtrücken, während er mit der anderen Hand an die Schublade griff und
zog. Sie war abgeschlossen.

44

Einige Tage später rief Francis Jeff zu sich. Von seinem neuen Platz in Fionas Büro aus hatte Jeff gar nicht bemerkt, dass Francis schon aus New York zurück war, wo er für ein paar Tage in seiner Galerie in Manhattan nach dem Rechten gesehen hatte. Am Rand von Francis' Schreibtisch stand Astrids Kästchen, obendrauf der Stapel Dias. Jeff sah nur kurz hin, aber Francis folgte seinem Blick.

»Sie hat mir erzählt, dass du sie in Empfang genommen hast. Hast du sie dir mal angesehen?«

»Nein«, sagte Jeff. Er war schlau genug, sich nicht aufs Glatteis zu begeben.

»Schau sie dir mal an«, sagte Francis. »Es würde mich interessieren, was du davon hältst.«

Jeff protestierte – er habe kein Auge für so was.

»Auge? Schwachsinn. Du brauchst nur den Mut, zu deiner Überzeugung zu stehen.«

»Aber alle reden von Ihrem Auge. Sogar Sie selbst.«

»Weil es unhöflich wäre, von meinen Eiern zu reden«, erwiderte Francis. »Hier gehts um Kunst. Da könnte ich alles hochjubeln oder runtermachen.«

Jeff griff nach den Dias. »Und soll ich sie jetzt hochjubeln oder runtermachen?«

»Sag mir einfach, was du davon hältst. Hat sie es drauf oder nicht?«

Jeff hielt die Bilder gegen das Licht und betrachtete sie zum zweiten Mal. »Die Körper sind fast geometrisch«, sagte er, »und wirken auf der Leinwand eingesperrt wie in einem Glaskasten. Das ist klaustrophobisch. Aber die Haut hat eine komplexe Oberflächenstruktur, sie hat etwas Offenes, wodurch der Betrachter sich eingeladen fühlt hinzuschauen. Dadurch wird das klaustrophobische Gefühl abgemildert –«

Francis stand neben ihm und betrachtete das Dia ebenfalls.

»Erinnere mich daran, dass ich dich demnächst Katalogtexte schreiben lasse«, sagte er.

»Für Astrid?«

Francis lachte kurz auf, es klang fast wie ein Husten. »Nein, nein, nein. Das hier sind Studentenarbeiten. Jenny Saville in mager.«

Wieder ein Name, der Jeff nichts sagte.

»Astrid kann schon malen«, sagte Francis, »aber ihre Arbeiten haben noch keine Persönlichkeit, falls du verstehst, was ich meine.«

Genau das hatte Jeff empfunden, als er die Dias zum ersten Mal betrachtet hatte. Für ihn war es eher eine Sache von Impetus und Motivation gewesen als von Originalität. Trotzdem fühlte er sich geschmeichelt, dass er ein Kunstwerk ähnlich eingeschätzt hatte wie der sehr viel sachkundigere und erfahrenere Francis. Es war der erste kleine Hinweis, dass auch er vielleicht ein Auge entwickeln konnte, ein echtes Auge, nicht nur einen Euphemismus für Eier, für die Fähigkeit, ungeachtet der Qualität eines Werks seine Meinung durchzudrücken, sondern einen echten Sinn für Schönheit. Den Francis nämlich trotz seiner selbstironischen Kommentare und seiner herrischen Manier sehr wohl besaß.

Francis räumte die Dias zusammen und packte sie zurück in das Kästchen. Mit einem Seufzer setzte er den Deckel darauf, als müsste er sich schon jetzt für eine unvermeidlich nervige und heikle Diskussion mit Astrid über ihre Arbeiten wappnen.

Aber Francis hatte Jeff nicht wegen Astrids Werken in sein Büro gerufen. Jeff sollte ihn ein paar Häuser weiter zu Sotheby's begleiten, damit Francis sich nach einem Gemälde eines seiner Künstler erkundigen konnte, das dort zur Versteigerung kam. Er wollte den Schätzpreis und etwas über die Verkaufsaussichten erfahren. Ob es schon Interessenten gab und so weiter. Jeff fragte ihn, wie er dazu stand, wenn Sammler die Werke versteigern ließen, die sie in seiner Galerie gekauft hatten.

Francis erwiderte mit Nachdruck, diesem Sammler werde er nie wieder etwas verkaufen. Nichtsdestotrotz sei es auch wichtig, dann und wann den Sekundärmarkt in Schwung zu bringen. Für das kommende Frühjahr plante er eine neue Ausstellung dieses Künstlers, und gute Resultate bei den Herbstauktionen konnten sowohl wertsteigernd wirken als auch Aufmerksamkeit generieren.

»Und wenn das Werk nicht verkauft wird?«, fragte Jeff.

Francis überlegte kurz, wie er seine Antwort formulieren sollte. »Es gibt zwei Sorten von Idioten auf der Welt, Jeff. Die einen hoffen auf das Beste, die anderen bereiten sich auf das Schlimmste vor. Ich gehöre keiner dieser beiden Sorten an.«

»Sie wissen schon, dass es verkauft wird?«

»Sagen wir mal so, ich bevorzuge es, Ungewissheiten aus dem Weg zu räumen.«

Diese Äußerung ging Jeff auf dem Weg zu Sotheby's nicht aus dem Kopf. Vielleicht bezahlte Francis ja einen Bieter, der die Auktion bis zu einer bestimmten Summe hochtreiben würde, um den Sekundärmarkt für den Künstler zu stärken. Aber was, wenn dieser Bieter den Zuschlag bekam? Würde Francis öffentlich ein Werk seines eigenen Künstlers zurückkaufen? Vielleicht hatte er einen seiner Sammler dafür angeheuert. So etwas schien Jeff eine Art Insiderhandel zu sein, aber er war nicht sicher, wem das schaden würde. Wenn der Markt sagte, dass das Werk fünf Millionen wert war, dann war es fünf Millionen wert. Sammler, die dann im Frühjahr Werke zu überhöhten Preisen kauften, hätten ein Interesse daran, die Preise hochzuhalten, und würden selbst mit dafür sorgen. Ein echter Betrug – im Gegensatz zu dem System als Ganzem, das Jeff schon in sich betrügerisch vorkam – läge erst dann vor, wenn aus dem Nichts ein künstlicher Markt erzeugt würde, aus dem einige Leute Gewinne einstrichen und sich dann zurückzogen, während die anderen dumm dastanden. Aber das würde Francis nicht tun – er dachte stets langfristig.

Bei all diesen Überlegungen entging es Jeff nicht, dass sie denselben Bürgersteig entlangliefen, auf dem er Francis einst heimlich gefolgt war. Inzwischen hatte sich Jeffs Situation so grundlegend geändert, dass er sich kaum noch an die fieberhafte Aufregung von damals erinnern konnte, die der Anblick des lebendigen und trockenen Francis auf der Straße bei ihm ausgelöst hatte. Es schien unmöglich, sich in jene Zeit zurückzuversetzen, obwohl es das natürlich nicht war, fast als würde ein schmaler, aber unüberwindbarer Abgrund immer unüberwindbarer werden, indem er in die Tiefe wuchs. Trotzdem ließ die Sache Jeff nach wie vor nicht in Ruhe. Er wurde den Gedanken nicht los, dass nichts, was mit Francis zu tun hatte, geschehen wäre, wenn er an jenem Morgen am Strand nicht gehandelt hätte. Aber er war unschlüssig, wo oder wann oder wie er die Tat für sich reklamieren sollte. Vorerst würde er also nur die Auswirkungen dieser Tat beobachten oder, besser gesagt, an ihnen teilhaben und der neuen Richtung folgen, die sein Leben durch die zufällige Begegnung mit der Endlichkeit eines anderen Menschen eingeschlagen hatte.

Wenn es ihm gelang, sein Geheimnis bis in alle Ewigkeit für sich zu behalten, dann könnte er dieses neue Leben vielleicht sogar ganz anders sehen, nicht als Belohnung – er weigerte sich, es so zu interpretieren, das hätte ihn zu sehr fertiggemacht –, sondern einfach als eine Kette von Ereignissen, die aus seiner Entscheidung gefolgt waren – wie leicht es war, das, was er damals als Zwang empfunden hatte, jetzt zu einer Entscheidung umzudeuten –, aus seiner noblen Entscheidung, einem Fremden in einer Notsituation zu Hilfe zu eilen.

Würde er es schaffen, alles hinter sich zu lassen, das Trauma, die Verwirrung, die Erinnerung an den Liebeskummer wegen G, und dieses neue Leben anzunehmen? Sich an den altbewährten Rettungsring zu klammern, dass *alles aus einem Grund geschah*? Als er, verfolgt vom Schatten seiner Vergangenheit, die Straße entlang zu Sotheby's ging, glaubte er, dass es möglich war.

Am imposanten Empfangstresen des Auktionshauses standen junge Angestellte in schwarzen Anzügen. Sie wussten, wer Francis war, sodass er mit Jeff direkt nach hinten ins Großraumbüro gehen konnte. Hier war die Decke überraschend niedrig. Im vorderen Bereich saßen Leute in Arbeitsnischen und tippten auf ihren Tastaturen herum, während sich andere weiter hinten an einem langen Tisch über Kataloglayouts beugten. Francis entdeckte die Person, die er gesucht hatte, eine Frau Mitte dreißig, in deren Augen Jagd- und Kampfeslust blitzten. Sie führte die beiden in einen Galerieraum, in dem Werke für eine Vernissage in der kommenden Woche bereitstanden.

Francis hatte Jeff niemandem vorgestellt, und es schenkte ihm auch niemand mehr als ein flüchtiges Lächeln. Durch die Türöffnung sah Jeff einen Mann an den Arbeitsnischen vorbeigehen, begleitet von einem höhergestellten Sotheby's-Angestellten im eleganten schwarzen Anzug. Er brauchte einen Moment, bis er den Mann wiedererkannte. Francis sah ihn in derselben Sekunde, befahl Jeff zu warten, und marschierte mit ausgestrecktem Arm an den Schreibtischen vorbei, um Mick Jagger die Hand zu schütteln.

Die Frau folgte Francis, und Jeff stand allein in dem kleinen Galerieraum voller Gemälde, manche noch eingepackt, manche schon aufgehängt, manche an die Wand gelehnt. Wieder suchte er nach irgendetwas in den Werken, das ihn im Innersten ansprach. Auge oder kein Auge, er müsste doch zumindest eine Meinung zu den Werken haben, oder nicht? Er entdeckte das Gemälde von Francis' Künstler, mit dem Malmesser in dickem Impasto gefertigt, ein Werk in dunklen Farbtönen, das ohne Weiteres einen x-beliebigen

Klumpen Dreck auf einem Feld oder einen Kompost-
haufen hätte darstellen können. Der Schätzpreis stand noch
nicht dran.

Dann fiel Jeff ein großes Gemälde ins Auge, ein Dip-
tychon, das auf der anderen Seite des Raums an der Wand
lehnte. Es beeindruckte nicht nur durch seine monumen-
tale Größe, sondern auch durch seine Komplexität, seine
Energie und Dynamik und seinen scheinbar unklaren und
unerklärlichen Charakter. Jeff hatte das Gefühl, es weniger
zu betrachten als vielmehr zu beobachten. Sein Blick wanderte über die Oberfläche, er ließ die Wolke aus dunkel-
braunen, blauen, gelben, orangen, lavendelfarbenen und
weißen Pinselstrichen auf sich wirken, die Klekse, die Trop-
fen, die kraftvollen Gesten, die Zufälle, den Effekt der Naht
zwischen den beiden Leinwänden, die den schwebenden
Klecks oder die Explosion entzweischnitt. Es sah aus, als
wären die rechte und die linke Seite zu unterschiedlichen
Zeiten und aus unterschiedlichen Blickwinkeln gemalt
worden, denn die Linien trafen sich nicht ganz, und die
rechte Seite war vergrößert und ein Stück nach vorn gezogen. Die beiden Bildteile passten nur fast aneinander,
und das Gesamtbild erschien, was Farben und Ausdruck
betraf, nur fast symmetrisch, sodass bei genauerer Betrach-
tung – aber das ging ihm erst später, viel später auf – die
Dynamik des Gemäldes durch denselben Effekt entstand,
der beim Schielen auftritt oder wenn man durch zwei
unterschiedliche Linsen sieht oder die Augen auf andere
Weise voneinander entkoppelt werden. Ein Doppelbild,
eine Parallaxe, ein Bild, das sich nicht zu einer eindeutigen
Perspektive zusammenfügen lässt. Er dachte im Laufe der

Jahre noch oft an diesen Moment zurück, und jedes Mal empfand er dasselbe Kribbeln in der Brust wie an jenem Tag, als er das Werk zum ersten Mal sah. Und wie sehr er diese Reaktion auch logisch oder rational zu erklären versuchte, es gelang ihm doch nie. Erst nachdem er wer weiß wie lange vor dem Gemälde gestanden hatte, kam er auf die Idee nachzusehen, wer es gemalt hatte. Joan Mitchell. Entstanden 1986. Weder der alltägliche Name noch das junge Datum passten zu seiner Vorstellung von einem Künstlergenie, hatte er doch gelernt, dass großartige Werke stets alt sind und aus dem Ausland kommen. Der Schätzpreis schien viel zu niedrig für ein so tiefgründiges Werk, zumindest wenn man ihn mit den Zahlen bei FAFA verglich, andererseits entsprach der Preis im Vergleich mit Geldbeträgen in der echten Welt immerhin dem Zehnfachen seines Jahresgehalts. Und obwohl das vollkommen unverhältnismäßig klang, war es seiner Meinung nach dennoch zu wenig. Angesichts der Diskrepanz dieser Summen musste er seine Maßstäbe neu kalibrieren. Und angesichts der Energie dieses Gemäldes spürte er erste Anflüge eines eigenen Auges.

In diesem Moment erschien Francis wieder im Ausstellungsraum, euphorisiert von der Begegnung mit Mick Jagger. Er stellte sich neben Jeff, der die Augen immer noch nicht vom Gemälde lösen konnte.

»Pah«, sagte Francis.

45

»Er hatte nichts dafür übrig?«, fragte ich.

Jeff nickte. »Aber für mich war es die erste Begegnung mit dem Erhabenen in einem Kunstwerk.« Beim Wort »Erhabenen« schloss er ehrfürchtig die Augen. »Ich fragte ihn, was ihm daran nicht gefiel, und er sagte nur: ›zweite Generation AbEx‹, womit ich nichts anfangen konnte, aber ich vermutete zu Recht, dass sein ›Pah‹ sich auf den weichen Markt für das Werk bezog. Das Lustige ist, wenn ich damals genug Geld gehabt hätte und meinem Auge, meinem Bauchgefühl oder was auch immer vertraut hätte, dann hätte ich es später für das Zehnfache verkaufen können. Du siehst also, ich hatte schon einen ganz guten Instinkt. Ich wusste es nur noch nicht.«

Wie schnell er vom Künstlerischen zum Finanziellen kam.

»Francis hat ihn erkannt«, sagte ich.

»Wenn das so war, dann lag es bestimmt nicht an einem besonderen Scharfsinn. Francis war unfähig, andere Menschen zu verstehen. Das war sowohl seine Superkraft als auch seine größte Schwäche. Deshalb hat er mich nie so gesehen, wie ich wirklich war. Aber eines war bei mir anders als bei den Menschen, die für ihn ausschließlich Mittel zum Zweck waren – wenn er mich ansah, blickte er in einen Spiegel. Einen Spiegel in die Vergangenheit.«

»Glaubst du, durch das Nahtoderlebnis wurde ihm seine Endlichkeit vor Augen geführt?«

»Ganz bestimmt. Einmal hat er mich sogar in der Galerie beiseitegenommen – er hatte etwas erklärt, und Marcus und Andrea hatten seiner Meinung nach nicht aufmerksam genug zugehört –, er hat mich also beiseitegenommen und mir gesagt, wie wohltuend er es findet, endlich jemanden um sich zu haben, der seine Lektionen begierig aufsaugt. Als wäre ich ein Schwamm. Aber ich glaube, er hat mich wirklich als eine Art Schwamm gesehen, als eine Alternative dazu, sein Bewusstsein auf einen riesigen Computer hochzuladen. Denn wenn es möglich gewesen wäre, dann hätte er das getan. Unsterblichkeit à la Silicon Valley, das hat ihn interessiert. Und das war ja noch lange bevor das irgendwo außerhalb von Science-Fiction-Romanen Thema war. Francis ertrug den Gedanken nicht, dass alles in seinem Kopf – seine Meinungen, Gefühle, Erinnerungen – eines Tages weg sein würde.«

»War bestimmt nicht sehr hilfreich, dass er von Künstlern umgeben war«, meinte ich.

Jeff führte sein Glas zum Mund, aber es war leer.

»Wahrscheinlich brauchte er einfach ein Ventil«, sagte er.

»Brauchen wir das nicht alle?«

46

Bei den sonntäglichen Abendessen behandelte Francis Jeff zunehmend wie einen Vertrauten. Eines Abends hatten sie ein bisschen mehr als üblich getrunken, und als Chloe und ihre Mutter in der Küche waren, lud Francis Jeff ein, mit ihm im Wohnzimmer eine kubanische Zigarre zu rauchen. Er wollte reden. Zu jener Zeit versuchte Marcus, sich in der Galerie in den Vordergrund zu drängen, er fuchtelte mit seinem Squash-Schläger herum und spielte sich Jeff gegenüber so oft wie möglich als Vorgesetzter auf. Francis hatte davon Wind bekommen und war nicht glücklich darüber, allerdings nicht wegen Marcus' Benehmen. Es gefiel ihm nicht, dass Jeff sich nicht dagegen wehrte.

»Sieh zu, dass du kriegst, was du willst«, sagte er. »Und zwar *alles*, was du willst. Dafür ist man jung, Jeff. Du bist ein guter Kerl, das sehe ich, das habe ich sofort gesehen. Aber du musst wissen, dass es kein Gut und Böse gibt, nur nützlich oder nicht nützlich.«

Jeff hörte zu und bemühte sich, interessiert auszusehen, obwohl er sich angesichts der Vehemenz, mit der Francis sprach, in Wirklichkeit weit wegwünschte. Ihm standen die Tränen in den Augen.

»Es gibt keinen Grund, gut zu sein, Jeff. Das kann ich dir ganz ehrlich sagen. Keinen Grund.«

Francis wirkte einen Moment lang in Gedanken versunken, dann fuhr er ruhiger, aber sehr bewegt fort.

»Ich bin mal gestorben«, sagte er. »Ich war wirklich tot. Ich musste wiederbelebt werden.«

»Oh Gott«, sagte Jeff.

»Und weißt du, was auf der anderen Seite war?«

»Nein.«

»Nichts.«

»Oh.«

»Kein weißes Licht, keine Großeltern, kein Petrus, kein Satan. Einfach gar nichts. Leere. Es war beim Schwimmen.« Er sah Jeff eindringlich an. »Ich war ganz entspannt unterwegs. Bin nie ein besonders schneller Schwimmer gewesen. Ich hab mich immer durchs Wasser geackert. Ganz ähnlich wie durchs Leben eigentlich.« Er lachte. »Und dann liege ich plötzlich am Strand und spucke Wasser. So muss sich ein Baby nach der Geburt fühlen. Ich liege an dem beschissenen Strand, und irgendwelche Sanitäter packen mich auf eine Trage und fahren mich ins Krankenhaus. Wo ein Haufen Ärzte auf mich wartet, die keinen blassen Schimmer haben, was passiert ist, außer dass mein Herz stehengeblieben ist. Es wäre echt nett gewesen zu wissen, warum. Und jetzt lassen die beiden da« – er zeigte zur Küche – »mich nicht mehr ins Wasser.«

Jeff hatte schweißnasse Hände. Seine Augen brannten vom Zigarrenrauch. Francis sah ihn schweigend an und zog an seiner Zigarre, die im dämmrigen Zimmer hell aufglomm. Wartete er darauf, dass Jeff reagierte, dass er verkündete, er sei dort gewesen, er habe ihn gerettet, oder fixierte er ihn nur, um sich zu vergewissern, dass Jeff verstand, was er ihm sagen wollte? Jeff tat es Francis nach und zog an seiner Zigarre, und sofort wurde ihm schwindelig.

»Das hätte mein Ende sein können«, sagte Francis. »Wenn nicht jemand gekommen wäre …«

Jeff entschuldigte sich, ging ins Bad und erbrach ohne Umschweife sein Abendessen.

Sofort erschien Chloe mit einem Glas Wasser und schimpfte ihren Vater aus, dass er ihren Freund abgefüllt hatte. Francis antwortete aus dem Nachbarzimmer mit einem hämischen Lachen und entgegnete, Jeff sei selbst schuld, er sei ein großer Junge, und Francis habe ihm nichts aufgezwungen. Alison ermahnte ihn aus der Küche, Francis konterte erneut. Chloe strich Jeff übers Haar, und erschöpft ließ er den Kopf auf die Klobrille sinken.

47

»Entschuldigen Sie.« Plötzlich stand Saskia von der First-Class-Lounge vor uns. »Ihr Flug wurde freigegeben, aber es muss erst noch eine neue Crew organisiert werden. Sie werden also auf jeden Fall heute Abend fliegen, wir müssen Sie jedoch noch um ein wenig Geduld bitten.«

Wir bedankten uns, und sie machte sich auf die Suche nach weiteren Gestrandeten unseres Fluges.

Inzwischen war die Sonne hinterm Horizont verschwunden. Draußen herrschte fast völlige Dunkelheit. Die Flugzeuge und die Servicefahrzeuge waren zwar beleuchtet, aber dort, wo wir durchs Fenster in die Nacht blickten, sahen wir nur noch unsere Spiegelbilder.

»Hältst du es für möglich, dass Francis es gewusst hat?«

»Natürlich ist das möglich, alles ist möglich. In Anflügen von Angst und Paranoia war ich damals sicher, dass er es wusste. Warum sonst sollte er mir so viel Aufmerksamkeit schenken? Und dann versuchte ich mich wieder zu beruhigen. Immerhin war ich der Freund seiner Tochter, ich erinnerte ihn an seine Jugend, ich war wie der Sohn, den er nie hatte, und so weiter. Es hing von meinem Selbstwertgefühl ab: Wenn ich überzeugt war, dass ich Francis' Aufmerksamkeit verdiente, dann hatte er natürlich keine Erinnerung an mich vom Strand. Wenn ich glaubte, mir würde das alles nicht zustehen, konnte ich mir keinen anderen Grund vorstellen, weshalb er mich in seiner Nähe haben wollte.«

»Und was glaubst du jetzt?«

»Ich glaube schon, dass er es damals irgendwie gewusst hat, aber ganz sicher nur unterbewusst.«

»Und deswegen fühlte er sich dir verbunden?«

»Genau.«

»Aber du hast ihn nicht gedrängt? Nicht nachgefragt, wer ihn gerettet hat?«

»Das habe ich mich nicht getraut. Wir hatten gerade erst eine Art Balance erreicht, eine gute Familiendynamik, wenn man das so sagen kann. Aus meiner eigenen Kindheit kannte ich das nicht, deswegen habe ich eine Weile gebraucht, bis ich es kapiert hatte. Und außerdem erkennt man gute Zeiten ja oft erst im Nachhinein, das ist wie mit der Gesundheit, die hält man ja auch für so selbstverständlich, dass man keinen Gedanken daran verschwendet. Mir war klar, wenn ich mit der Wahrheit rausrücken würde, würde alles zusammenbrechen. Er wäre garantiert dankbar gewesen, aber durch die Art, wie ich in sein Leben getreten war, wäre sofort ein Schatten des Misstrauens auf mich gefallen, obwohl ich nach wie vor behaupten würde, dass es nur durch Zufall, durch einige nicht ganz durchdachte Entscheidungen passiert ist.

Ich hatte an jenem Abend eine Panikattacke. Selbst die Musik im Hintergrund, Jazz, derselbe Charlie-Parker-Mix, den ich in der Galerie aufgelegt hatte, ist zu einem Chaos verschwommen, der Rhythmus geriet aus den Fugen, die Töne purzelten durcheinander. Als ich mit der Stirn auf der kühlen Klobrille im Bad der Arsenaults kauerte, Chloe

mir über die Haare strich und meine Panik langsam ab-
ebbte, wurde mir klar, dass der Grund für die Attacke nicht
Francis' Erzählung von seiner Rettung gewesen war, nicht
die Angst, das deiner Meinung nach traumatische Ereignis
noch einmal durchleben zu müssen. Der Grund war eine
aufkeimende Furcht, dass ich mich als Folge dieser ganzen
Tortur in ein genauso verlogenes, egoistisches Monster verwandelt hatte, wie Francis selbst es war, als hätte er mich
in jenem Moment, als ich seinen Mund mit meinem be-
rührte, infiziert, und dass diese Veränderung durch eine Art
kosmische Gerechtigkeit ans Tageslicht kommen würde und
ich dadurch mein ganzes neues Leben, das mir unabsichtlich und ohne Hintergedanken ans Herz gewachsen war,
wieder verlieren würde.«

48

Und dann brach alles zusammen, aber nicht durch Jeff, nicht durch sein Geheimnis oder durch etwas, das er tat oder nicht tat. Nicht einmal durch seine Selbstzufriedenheit, seine Bequemlichkeit, seinen Wunsch, dass alles so blieb, wie es war. Nein, sein Leben wurde wegen eines anderen Geheimnisses auf den Kopf gestellt, eines Geheimnisses von Francis.

Eines Abends bekam Jeff einen Anruf von Chloe. Schluchzend erzählte sie ihm, sie sei angegriffen worden. Er fragte sofort, ob alles in Ordnung sei, ob sie die Polizei gerufen habe, ob er gleich zu ihr kommen solle. Verbal, sagte sie, ich bin verbal angegriffen worden. Er fragte, wer das getan habe und wo und warum und dann noch einmal, ob alles in Ordnung sei. Sie sagte Nein, es sei nicht alles in Ordnung, es ginge ihr mies und sie sei verstört und wütend. Auf der Party eines Kommilitonen habe eine Frau, eine Kunststudentin, sie plötzlich angesprochen. Sie kannte diese Person nicht – sie hatte sie natürlich schon mal hier und da gesehen, die Gesichter der Leute in den höheren Semestern sind einem ja einigermaßen vertraut, aber sie kannte ihren Namen nicht. Die Studentin war total aufgelöst, sie zitterte und hatte Tränen in den Augen. Sie sagte, sie hieße Astrid.

Jeff blieb fast das Herz stehen. Astrid? Er fragte, wie sie aussah. Chloe sagte, das sei doch egal, hübsch, zu dünn, ungefähr so alt wie Jeff, ein paar Jahre älter vielleicht, komische Haare.

Astrid hatte Chloe in eine Nische neben der Küche gezogen und sie gefragt, ob sie tatsächlich Arsenault hieße.

»Ja«, sagte Chloe.

»Francis Arsenault ist dein Vater?«

»Ja.«

»Er ist ein Arschloch«, stieß Astrid hervor. Dann erzählte sie Chloe lang und breit, wie ihr Vater Spielchen mit ihr getrieben hatte, Interesse an ihrer Arbeit gezeigt hatte, ihr fast schon versprochen hatte, sie unter Vertrag zu nehmen, ihr eine Ausstellung zu geben oder wenigstens ein Werk von ihr in eine Gruppenausstellung aufzunehmen oder ihre Arbeiten im hinteren Raum zu zeigen. Er habe sie sogar in ihrem Atelier besucht, sagte sie. Und sie hatte sich wie verrückt ins Zeug gelegt, all ihre Energie in ihre neuen Arbeiten gesteckt, weil sie die ganze Zeit dachte – nein, wusste –, dass diese Gemälde, oder wenigstens eines von ihnen, irgendwann im nächsten Jahr bei FAFA hängen würden.

Astrid war vollkommen außer sich, ihre Stimme zitterte. Chloe wollte nur noch raus aus der Situation. Sie war noch nie für irgendwelche beruflichen Entscheidungen ihres Vaters zur Rechenschaft gezogen worden, und das war ja wohl auch absolut unangemessen. Astrid fing schon an zu lallen, merkte es und sprach von da an übertrieben deutlich.

Chloe hatte sich hilfesuchend umgesehen, die anderen Kunststudenten mussten doch mitbekommen haben, dass Astrid sie bedrängte, aber niemand sah ihr in die Augen.

Trotzdem spürte sie ihre Blicke, als wäre manchen von ihnen längst klar, was hier passierte, als würden sie mit Schadenfreude diesen Karriereselbstmord beobachten, denn auch wenn Chloe in diesem Moment nichts unternahm, auch wenn sie sich nicht loseisen oder etwas erwidern oder Astrid zum Schweigen bringen konnte, war es doch sonnenklar, dass sie ihrem Vater von dieser Situation bis ins letzte Detail berichten würde.

Ihre Arbeiten sollten bei FAFA gezeigt werden, fuhr Astrid fort, das war der Deal, ein Teil des Deals, er konnte das jetzt nicht plötzlich ignorieren, sie hatten es zwar nicht mit Handschlag besiegelt, es gab nichts Schriftliches, aber er hatte es ihr versprochen, und außerdem – und da wurde Astrid kurz merkwürdig still, als würde sie vor dem tödlichen Schuss noch einmal genau zielen –, außerdem musste er doch gewusst haben, er konnte es nicht *nicht* gewusst haben, dass sie, wenn er nicht der gewesen wäre, der er war, wenn er nicht die Macht und die Verführungskraft und die Kontakte gehabt hätte, ihn nie im Leben gevögelt hätte.

Chloe schniefte ins Telefon. »Wie krank ist das denn bitte?«

Jeff fragte, ob Astrid vielleicht gelogen haben könnte oder ob vielleicht jemand Chloe einen Streich gespielt hatte. Aber es war ein halbherziger Einwand, denn er kannte die Antwort schon, seit Francis bei Mr. Chow seine Hand auf Astrids gelegt hatte. Trotzdem hoffte er, dass alles sich in Luft auflösen würde, dass alles wieder so sein könnte wie vor dem Telefonat mit der weinenden Chloe.

Wenn es ein Streich war, meinte Chloe, dann wäre Astrid eine verdammt gute Schauspielerin. Sie hatte ihrer

Wut, ihrem Schmerz und ihrer Frustration hemmungslos freien Lauf gelassen. Sie würde alles in die Luft jagen, auch wenn sie selbst mit dabei draufging.

Jeff musste an Astrids Arbeiten auf den Dias denken. Wie konnte sie glauben, dass das für eine Ausstellung bei FAFA reichte? War ihr nicht klar, dass die Kritik sie in der Luft zerreißen würde? Oder hatte sie eine gestörte Selbstwahrnehmung und war ihres eigenen Erfolgs so gewiss, dass jedes Nein ein Affront war, weil schließlich selbst ein Blinder mit Krückstock das Offensichtliche erkennen musste, nämlich dass ihre Arbeiten genial waren? Beim Dinner hatte sie diese Arroganz jedenfalls an den Tag gelegt, und als sie die Dias vorbeigebracht hatte ebenso. Es überraschte Jeff, dass sie in aller Öffentlichkeit dermaßen zusammengebrochen war, aber andererseits waren solche Leute oft labiler, als sie wirkten. Äußerlich hart, aber gerade deshalb auch zerbrechlich.

»Weißt du was?«, sagte Jeff. »Wenn du es für dich behältst, nimmst du Astrid jegliche Macht über die Situation.«

»Das stimmt.«

»Sonst würdest du genau das tun, was sie erreichen will.«

Chloe räusperte sich und schwieg einen Moment. Dann sagte sie: »Ich könnte meiner Mom nicht in die Augen sehen. Und meinem Dad auch nicht. Wenn ich es für mich behalte, meine ich. Ich muss meinem Dad doch wenigstens die Chance geben, sich zu rechtfertigen, oder nicht? Was, wenn sie sich das wirklich nur ausgedacht hat?«

»Möglich«, sagte Jeff.

»Ein frommer Wunsch, um ehrlich zu sein.«

»Das weißt du nicht«, erwiderte Jeff.

»Doch, das weiß ich.«

Wieder überlegte sie, ob sie es für sich behalten sollte. Aber sie wusste genau, dass sie das nicht schaffen würde. Sie wäre niemals in der Lage, eine Information mit sich herumzutragen, die alles auf den Kopf stellen konnte, eine Wahrheit oder mögliche Wahrheit, die ihrer Meinung nach ans Licht musste. Es war wie ein Specht in ihrem Kopf, der ihr von innen an den Schädel klopfte. Sie würde es sagen, sie musste es sagen, sie würde einfach nur nüchtern die Begegnung schildern, ohne zu erwähnen, ob sie es glaubte oder nicht.

Jeff fragte sie, ob sie Angst vor Francis' Reaktion habe. Sie wussten beide, wie er sein konnte, wenn ihn die Wut packte.

»Ich brauche ihm nichts zu sagen, was er sowieso schon weiß«, erwiderte sie. »Ich sage es meiner Mutter.«

49

Früh am nächsten Morgen stand Chloe vor Jeffs Tür. Sie sah aus, als hätte sie nicht geschlafen, und bat ihn, sie zum Haus ihrer Eltern zu begleiten, sie wollte mit ihrer Mutter reden. Sie brauchte jemanden bei sich, und sie wusste, dass es Jeffs freier Tag war. Obwohl ihm vor der Szene graute, erwiderte er, das sei ja wohl das Mindeste. Gemeinsam stiegen sie in den alten Volvo und fuhren nach Santa Monica.

Francis war schon los zur Arbeit. Als sie vor dem Haus parkten, bat Chloe Jeff, im Auto zu warten. Ihr war klar geworden, dass er besser nicht dabei sein sollte, aber sie wollte ihn in der Nähe wissen. Er bemühte sich, seine Erleichterung über den gewährten Abstand zum Epizentrum nicht zu zeigen.

Chloe sammelte sich, blickte ihm in die Augen und sagte ein wenig förmlich Danke. Dann war sie schon über die Straße und verschwand im Haus.

Er kurbelte die Fenster runter und wartete geduldig, Motor aus, Radio an, eingestellt auf den Klassiksender 91,5 KUSC. Durch das große Fenster auf der Vorderseite des Hauses war nichts zu sehen. Nicht dass Alison und Chloe ihre Unterhaltung unbedingt im Wohnzimmer führten, aber die Sonne hatte das Glas in einen Spiegel verwandelt.

Der Pick-up einer Gartenfirma fuhr vor und parkte vor seinem Auto, dann lehnte der Gärtner eine kleine Holzrampe an die Heckklappe und lud einen Rasenmäher aus. Es roch nach Benzin und trockenem Grünschnitt. Als der Gärtner den Mäher anwarf, kurbelte Jeff die Fenster hoch.

Er versuchte sich das Geschehen im Haus auszumalen. Würde Alison in Rage geraten? Würde sie Francis sofort anrufen und ihn mit Astrids Aussagen konfrontieren? Er konnte es sich eigentlich nicht vorstellen, aber er hatte sie natürlich auch noch nie in einer solchen Extremsituation erlebt.

Als der Gärtner und sein Mitarbeiter mit dem Mähen fertig waren, luden sie ihre Sachen auf den Pick-up und fuhren davon. Jeff kurbelte die Fenster wieder herunter. Langsam fragte er sich, ob Chloe ihn hier draußen vergessen hatte, aber er konnte ja wohl nicht einfach wegfahren. Die einfachste Lösung wäre gewesen, an die Tür zu klopfen, aber das brachte er nicht fertig. Sie bei diesem vertraulichen Gespräch zu stören, wäre genauso schlimm gewesen, wie einfach zu verschwinden. Aber er konnte ja auch nicht den ganzen Tag hier sitzen bleiben, oder?

Doch, für Chloe würde er genau das tun. Er kippte die Sitzlehne nach hinten und schloss die Augen.

Er wachte wieder auf, als Chloe die Beifahrertür öffnete. Sie stieg ein, und er merkte sofort, dass sie nicht mehr so aufgewühlt war wie bei der Ankunft. Ihre Augen waren zwar noch geschwollen und ihre Frisur zerzaust, aber die Panik war verebbt. Er legte ihr die Hand auf den Oberschenkel, und sie legte ihre Hand auf seine. Er fragte sie, wie es gelaufen war.

»Sie hat so getan, als ginge es nur um mich«, sagte Chloe.

Nachdem Chloe von der verstörenden Konfrontation mit Astrid berichtet hatte, war Alisons einzige Sorge gewesen, wie verletzt Chloe sein musste. Als hätte die ganze Sache mit ihr selbst überhaupt nichts zu tun. Sie machte Tee und fragte Chloe, ob Astrid sie geschlagen oder sonst irgendwie körperlich angegriffen habe. Und ob sie sich an der Uni noch sicher fühle.

Chloe war fassungslos, aber Jeff leuchtete diese Reaktion ein. Die Alison, die er kennengelernt hatte und deren Leben daraus bestand, anderen Menschen ein weiches Nest zu bauen, war eine Frau, die nur für andere da war.

Chloe musste das Gespräch immer wieder zurück auf ihren Vater und seine Untreue bringen. Ihre Mutter erwiderte, das sei eine Sache zwischen Francis und ihr. Frustriert vom Gleichmut ihrer Mutter fragte Chloe sie, ob sie nicht wütend oder verletzt oder zumindest konsterniert sei. Warum zeigte sie Chloe ihre Gefühle nicht? Sie waren doch schließlich beide erwachsen.

Ihre Mutter entgegnete, Chloe habe schon genug durchgemacht.

Daraufhin fragte Chloe, ob ihr Vater das schon einmal getan habe. Aber ihre Mutter wiederholte nur, dass manche Dinge ausschließlich Francis und sie etwas angingen.

Danach folgte eine verkrampfte Unterhaltung über Chloes Kurse an der Uni.

Als Chloe schon im Begriff war zu gehen, sagte ihre Mutter plötzlich, sie habe recht. Sie sei erwachsen, und Alison wolle ehrlich zu ihr sein. Ihr Vater habe schon früher sein Wort gebrochen, deshalb überraschte es Alison nicht, dass es wieder passiert war, vor allem jetzt, mit dem

Porsche und dem ganzen Unsinn. Einerseits kam es un-
erwartet, andererseits auch wieder nicht. Alison leugnete
nicht, dass es ihr sehr wehtat. Aber was auch immer er
ihr angetan hatte, war nichts angesichts der Tatsache, dass
Francis – selbst wenn es unabsichtlich und nur durch Zufall geschehen war – Chloe in diesen Schlamassel hinein-
gezogen hatte.

Das konnte sie ihm nicht verzeihen.

50

Chloe beschloss, eine Weile bei Jeff zu wohnen. Sie wollte in der Nähe ihres Elternhauses sein, falls ihre Mutter sie brauchte. Außerdem hatte sie vor, sich von der Uni fernzuhalten, um nicht durch Zufall Astrid über den Weg zu laufen. Sie telefonierte jeden Tag mit ihrer Mutter, berichtete Jeff aber nicht von diesen Gesprächen. Aus der neu gestärkten Mutter-Tochter-Beziehung drang nichts nach außen.

Bezüglich seines Jobs schien es Jeff die beste Vorgehensweise, einfach weiterzuarbeiten wie bisher und sich aus der Sache herauszuhalten. Offiziell hieß es, Francis habe kurzfristig nach New York fliegen müssen, um einen Privatverkauf zu vermitteln. (Als Jeff Chloe davon erzählte, sagte sie, das sei Schwachsinn. Glaubte er etwa, dass Chloe nicht längst bei ihrer Mom wäre, wenn sie allein zu Hause hocken würde? Ihr Vater war definitiv noch in Los Angeles und versuchte seine Ehe zu retten. Francis setzte alles auf eine Karte. *Siehst du*, sagte er jetzt bestimmt, *ich habe alles stehen und liegen gelassen, nur für dich.* Garantiert rechnete er damit, dass Alison sich nach einer ausreichenden Zeit der Reue von dem Schlag erholen und ihm vergeben würde.)

Ohne Francis war es merkwürdig still im Büro. Sein privates Chaos war nicht bis in die Galerie gedrungen, es sei denn, man zählte die Schmiererei, die eines Nachts in großen geschwungenen Buchstaben auf die Glasfassade gesprüht worden war, *Schwindler*, aber das konnte genauso gut ganz normaler Vandalismus sein, mit dem jemand gegen die Maßlosigkeit der Kunstszene oder den Luxus von Beverly Hills im Allgemeinen protestieren wollte. Nach einer kurzen Debatte, ob das Graffiti als Kunstwerk anzusehen sei, wurde es entfernt, und keiner der Angestellten hatte Grund zu der Annahme, es könne irgendetwas mit Francis zu tun haben, zumindest nicht im Zusammenhang mit einer Affäre.

Marcus und Andrea kümmerten sich um ihre Verkäufe, Fiona kümmerte sich um ihr Archiv, und Jeff arbeitete weiter an der Digitalisierung. Es gab kein Geschrei, kein Drama. Alles lief reibungslos ohne Francis. Es entstand sogar eine fast schon kameradschaftliche Stimmung unter den Angestellten.

Aber obwohl es verlockend war sich vorzustellen, dass die Galerie so friedlich sein könnte, wusste Jeff, dass in Wirklichkeit niemand von ihnen den nötigen Weitblick, die Chuzpe besaß, »es draufhatte«, den Laden zu führen. Mit dieser Belegschaft würde FAFA nur den Dingen hinterherlaufen können, ohne Francis wären sie wahrscheinlich ein Jahr, vielleicht achtzehn Monate lang in der Lage, so weiterzumachen, je nachdem, wie schnell ihnen die Künstler und Angestellten weglaufen würden. Sie würden die geplanten Ausstellungen zeigen und Werke an Sammler verkaufen, die sowieso schon bestimmte Sachen im Auge hatten, bis die Galerie irgendwann wie alle Unternehmen, die an einem Personenkult hingen, nur noch ein Schatten ihrer selbst wäre.

51

Eines Morgens lag auf Jeffs Schreibtisch ein Zettel. Francis war wieder da. Er saß schon in seinem Büro, und er wollte Jeff sofort sehen.

Unsicher ging Jeff über den Flur nach hinten.

Francis begrüßte ihn mit dem Gesichtsausdruck eines Mannes, der Morgen für Morgen um einen Tag Aufschub von seiner Exekution betteln musste. Alison hatte ihm tatsächlich so viel Schmerz wie möglich zugefügt. Aber warum kam er jetzt wieder zur Arbeit? Ließ sie sich langsam erweichen, fing sie an, ihm zu verzeihen?

»Komm rein«, sagte er, »und mach die Tür zu.«

Jeff setzte sich und wartete, weil er nicht wusste, was er sagen oder wie er sich benehmen sollte.

»Du hast es vielleicht schon gehört«, sagte Francis.

Jeff nickte.

»Ich habe ein bisschen Mist gebaut. Nichts, was sich nicht wieder geradebiegen ließe.«

So konnte man es auch ausdrücken.

»Ich liebe meine Frau«, fuhr Francis fort. »Ich liebe sie sehr. Ohne sie wäre ich nicht der Mann, der ich bin.« Er rutschte auf seinem Stuhl hin und her. »Dennoch, wenn sie mich verlassen würde, wozu sie jedes Recht und jeden Grund hätte, könnte ich den Verlust ihrer Zuneigung verkraften.«

Das war ja wohl eine ziemlich eigenartige Umschreibung der Situation.

»Aber«, sagte Francis und legte eine Kunstpause ein, »die Liebe meines Kindes zu verlieren wäre unerträglich für mich.«

Es war offensichtlich, dass Francis sich diesen Satz vorher zurechtgelegt hatte, dass er lange darüber nachgedacht und ihn immer wieder umformuliert hatte, bis er möglichst kompakt und wirkungsvoll klang. Aber er wirkte so abstrakt, dass Jeff seine Bedeutung kaum erfasste. Er schwieg.

»Chloe«, erklärte Francis.

»Klar«, sagte Jeff.

»Ich habe sie nicht verloren, oder doch?«

Jeff fühlte sich nicht befugt, in Chloes Namen zu sprechen, aber Francis' durchdringender Blick verlangte eine Antwort.

»Ich glaube nicht«, sagte Jeff.

»Was du *glaubst*, tut nichts zur Sache«, erwiderte Francis. »Alison telefoniert jeden Tag mit ihr, Gott weiß, worüber sie reden. Soweit ich sehe, wird die Sache sich wieder einrenken, aber ich werde es nicht hinnehmen, dass Alison Chloe gegen mich aufhetzt, und wer weiß, ob sie bei diesen Telefonaten nicht genau das tut? Ich muss das unbedingt erfahren. Du musst mit Chloe reden und rauskriegen, wie sie zu dieser Sache steht. Kannst du das für mich tun?«

Jeff versprach es.

Überzeugt, in Jeff einen Verbündeten gefunden zu haben, sprach Francis jetzt offener über seine Situation.

»Alison wirft mir vor, dass ich Chloe in die Sache reingezogen habe. Sie hat das als *unverzeihlich* bezeichnet. Und
sie hat mir schon vieles verziehen, da will ich gar nicht
weiter drauf eingehen. Sie lässt überhaupt nicht mit sich
reden, Jeff. Ich habe Chloe da nicht reingezogen. Es war
reiner Zufall, dass diese kleine Matratze Astrid ihren Mas-
ter an der USC macht – ich habe sie ja nicht absichtlich
auf dem Campus aufgesammelt, außerdem habe ich sie für
älter gehalten, du hast ja gesehen, wie sie sich gibt. Und
sie ist auch älter, das nur zu meiner Verteidigung, denn
wenn man Alison hört, könnte man denken, ich wäre mit
’ner kleinen Studienanfängerin ins Bett gestiegen. Jedenfalls, als das mit Astrid anfing, war mir klar, dass die beiden sich über den Weg laufen könnten, deshalb waren wir
äußerst diskret, was unsere … Verbindung anging.«

Jeff dachte daran, wie Francis mit den Dessous am
Hotelfahrstuhl gestanden hatte.

»Diskret genug jedenfalls. Hast du beim Dinner für
Alex Post etwas geahnt?«

»Ich war mir nicht ganz sicher.«

Francis sah überrascht aus, hatte sich allerdings schnell
wieder im Griff. »Aber Chloe war ja nicht dabei. Und auch
sonst niemand, der es ihr sagen würde, außer dir natürlich,
aber du würdest dich ja wohl nicht selbst ins Knie ficken,
oder?«

Jeff schüttelte den Kopf.

»Nein, du weißt, wann du den Mund halten musst«,
sagte Francis. Einen kurzen Moment lang schien eine tie-
fere Bedeutung in seinem Blick zu liegen, dann kehrte er
rasch zum eigentlichen Thema zurück. »Für meine Begriffe

lebten Chloe und Astrid trotz der potenziellen geografischen Überschneidung in unterschiedlichen, hermetisch abgetrennten Sphären. Allerdings kann es bei solchen Sachen immer passieren, dass etwas nach außen dringt – das lässt sich gar nicht verhindern. Es ist nicht das erste Mal, dass ich in Schwierigkeiten bin, aber ich habe zu keinem Zeitpunkt gedacht, dass Chloe da mit reingezogen würde. Ich hätte besser aufpassen müssen, das weiß ich jetzt, und wenn ich geahnt hätte, dass das so eskaliert, wäre ich auch tausendmal vorsichtiger gewesen. Aber woher hätte ich wissen sollen, dass Astrid so reagiert, wenn ich mich beim Anblick ihrer zugegebenermaßen handwerklich soliden, aber letztlich beschissenen Arbeiten nicht sofort vor Begeisterung überschlage? Ich habe ihr übrigens keine Absage erteilt; wenn sie ein definitives Nein von mir bekommen hätte, könnte ich sie ja noch halbwegs verstehen. Ich habe nur gesagt, nicht jetzt, noch nicht, ich sehe da Potenzial und mach weiter so. Aber sie ist vollkommen ausgerastet!

Weißt du, was sie gesagt hat? ›Jetzt wird mir klar, worum es hier geht.‹ Das waren ihre Worte. Als wollte ich sie hinhalten, was absolut nicht der Fall war. Irgendwann hätte ich ihre Arbeiten gezeigt. Wirklich. Irgendwann hätte sie es geschafft, und dann hätte ich sie ausgestellt, selbst wenn dann zwischen uns nichts mehr gewesen wäre. Wirklich!«

Er wiederholte sich, als wollte er nicht Jeff, sondern sich selbst überzeugen.

»Aber beim winzigsten Hauch einer Zurückweisung jagt dieses zickige kleine Biest alles in die Luft. Und dann hält sie es für eine gute Idee, meine Tochter anzugehen?

Das ist doch krank. Wie hat sie es bloß im Leben so weit gebracht? Als ich ihr gesagt habe, dass ich diese Werke nicht ausstelle, ist sie beleidigt abgezogen, aber ich dachte, sie beruhigt sich wieder, die Gefühle sind halt mit ihr durchgegangen, sie wird schon wieder zurückkommen. Stattdessen besäuft sie sich auf einer Party und ruiniert ihre Karriere, indem sie etwas rein Berufliches ins Privatleben reinzieht.«

Etwas rein Berufliches. Jeff unterdrückte ein Lachen. Francis meinte das todernst. Seiner Ansicht nach hatte er mit Astrid ein etabliertes Spiel mit feststehenden Regeln gespielt. Aber Astrid hatte das missverstanden oder war aus Frust ausgerastet, und deshalb war nicht der Galerist schuld, der ihr im Austausch für eine Bettgeschichte Hoffnungen auf eine Ausstellung gemacht hatte, sondern allein sie.

Nach diesem Schwall von Rechtfertigungen überlegte Jeff, wie die Sache sich wohl aus Astrids Perspektive darstellen mochte. Auch wenn sie sich mies verhalten hatte und vollkommen ausgetickt war, ihr Vorwurf zumindest war durchaus gerechtfertigt.

52

»Also dachte Francis, du arbeitest für ihn, Chloe glaubte dich auf ihrer Seite, und in Gedanken warst du bei Astrid?«

»Es war kompliziert«, erwiderte Jeff. »Mir schwirrte der Kopf. Francis hatte mich unter seine Fittiche genommen. Und ich hatte ja schon von der Affäre gewusst – sie war ein Teil des Bildes, das ich mir von dem Mann gemacht hatte und bei dem ich immer, immer wieder zu der Tatsache zurückkehrte, dass all das ohne mein Zutun nie passiert wäre. Am liebsten hätte ich diese Tatsache ausradiert, alles losgelöst davon betrachtet, aber ich konnte den Gedanken nicht wegschieben, war einfach gezwungen zu akzeptieren, dass er da war oder besser gesagt, dass er immer wieder auftauchte.

Aber du hast recht, ich musste mich fragen, auf wessen Seite ich stand. Im Grunde genommen wollte ich auf jedermanns Seite sein. Oder neutral. Die Schweiz. So sah ich mich: als guten Menschen, wohlwollend und nicht nachtragend. Andererseits konnte ich nicht ignorieren, dass Chloe unter der Situation litt, und deshalb neigte ich zu ihrer und damit auch zu Alisons Seite, obwohl Francis so großzügig zu mir gewesen war.

Er aber sah mich als Verbündeten oder zumindest als Vermittler, als Verbindung zu Chloe, die standhaft seine Anrufe abwies. Sie wollte nichts von ihm hören, was ich ihr kaum vorwerfen konnte, und sprach mit mir kein Wort über ihn. Ich versicherte ihm aber, es gebe Fortschritte.«

»Du hast ihn angelogen?«

Jeff hob die Hände. »Es war eine Interpretation meiner Beobachtungen; manche Aspekte habe ich eben herausgehoben und andere weggelassen. Und als er dann die Idee hatte, mit der Familie in den Skiurlaub zu fahren, habe ich ihm natürlich gesagt, dass Chloe bestimmt dafür zu haben wäre.«

53

Als Jeff an diesem Tag von der Arbeit nach Hause kam, hatte Chloe die Einladung schon erhalten, und sie war nicht gerade begeistert. Sie sah es als Bestechungsversuch. Anders als ihre Mutter war Chloe im Überfluss aufgewachsen und daher nicht käuflich.

Jeff kleidete die Einladung in andere Worte und argumentierte, selbst wenn es vielleicht ein Versuch der Wiedergutmachung sei, habe Francis doch auch den Wunsch, die Wunden zu heilen, und wolle deshalb mit ihnen weit wegfahren, irgendwohin, wo nichts sie an die Geschehnisse erinnerte. Daraufhin fragte Chloe ihn, ob er alles glaube, was ihr Vater ihm erzählte. Nein, sagte er, natürlich nicht.

»Gut«, erwiderte sie, »wir fahren nämlich nicht mit.«

Auf diese Weise erfuhr er, dass auch er eingeladen war. Aber wie sollte er Francis die Nachricht überbringen?

Letztendlich war es gar nicht nötig. Als Alison wie jeden Tag mit ihrer Tochter telefonierte, gelang es ihr, Chloe zu überzeugen, dass die Reise vielleicht keine so schlechte Idee war und der Beginn einer Aussöhnung werden könnte. Die Risse waren noch offen, die flüssige Lava brodelte noch, aber zumindest Chloe zuliebe schienen Francis und Alison gewillt, einen gemeinsamen Weg aus der Krise zu finden.

Und so sollte es also losgehen nach Val d'Isère.

54

Jeff war noch nie in Europa gewesen, hatte kaum je auf Skiern gestanden und war auch noch nie First Class geflogen. Er hatte nicht einmal passende Sachen für den Urlaub, weshalb Chloe als Erstes mit ihm einkaufen ging. In seinem ganzen Leben hatte er noch nicht so viel Geld für Kleidung ausgegeben: ein schicker Skianzug, ein edler Pullover, lange Unterwäsche, eine Mütze, Handschuhe und ein unfassbar teures Paar Stiefel fürs Après-Ski. Es ging alles auf Chloes Kreditkarte und damit auf Francis' Rechnung. Jeff konnte nicht beurteilen, ob Ausgaben in dieser Höhe für sie normal waren oder ob es eine Art Kompensation sein sollte.

So oder so empfand er dasselbe wie damals, als er zum ersten Mal die Preise der Kunstwerke in der Galerie zu sehen bekommen hatte. Ja, es gab Menschen, die über Geld in dieser Größenordnung verfügten, und sie lebten unter uns, nur auf einer anderen Ebene. Anfangs hatte Chloe sich auf seine Ebene begeben, ihre finanziellen Möglichkeiten sogar heruntergespielt, aber jetzt, wo sie eine Weile zusammen waren, schien sie es schon sehr viel entspannter zu sehen. Er machte sich Gedanken über ihre gemeinsame Zukunft. Wer von ihnen würde die Kluft überwinden? Es war ungleich härter, sich nach unten zu bewegen als nach oben, aber er bezweifelte, dass er sie jemals auch nur mit einem Zehntel dessen, was ihr Vater besaß, versorgen könnte.

Ein Chauffeur brachte sie zum Flughafen, wo sie Francis und Alison in der First Class Lounge trafen. Jeff war bisher nur ein paarmal nach Nordkalifornien geflogen, mit Southwest, einer Airline, bei der man nicht einmal einen Sitzplatz zugewiesen bekam. Das hier war ein komplett anderes Universum. Er glaubte nicht, dass er sich je daran gewöhnen könnte. Genauer gesagt, er lehnte es ab, sich auch nur ein kleines bisschen daran zu gewöhnen, wusste er doch – oder glaubte es zu wissen –, dass er in dieser reichen Luxuswelt nur zu Gast war.

Francis und Alison fühlten sich sichtlich unwohl, nebeneinander und miteinander in der Lounge zu warten und gemeinsam Chloe gegenüberzutreten. Chloe hatte Jeff unmissverständlich klargemacht, dass sie mit ihrem Vater nicht mehr redete und auch nicht beabsichtigte, damit wieder anzufangen. Jeff mühte sich mit ein wenig Small Talk ab, aber alle seine Versuche scheiterten kläglich. Schließlich holte Francis Drinks für Alison und sich selbst. Chloe schlug eine Zeitschrift auf. Jeff hätte gerne das noble Ambiente genossen, aber die Situation war viel zu unangenehm.

Im Flugzeug wurde es besser. Chloe und Jeff bekamen zwei Plätze nebeneinander, und Francis und Alison saßen ein paar Reihen vor ihnen. Die Sitze waren breit und bequem, die Rückenlehnen ließen sich bis in die Waagerechte verstellen. Es war ein Nachtflug, und nachdem die Lichter in der Kabine gedimmt worden waren, redeten Chloe und Jeff noch ein Weilchen. Chloe sagte, sie respektiere zwar den Wunsch ihrer Mutter, aber trotzdem wisse sie jetzt schon, dass dieser Urlaub ein Fehler war.

»Wenn ich rausspringen könnte«, sagte sie, »ich würde es tun. Und ich hoffe, du würdest mitkommen.«

»Na klar«, sagte er.

Ihre Mutter wolle doch nur, dass Chloe dasselbe tat wie sie, nämlich vergeben und vergessen, die Beziehung und die Familie retten, indem sie die Taten ihres Vaters einfach unter den Teppich kehrte. Aber Chloe war nicht ihre Mutter, und sie hatte nicht diese panische Furcht, dieses Bedürfnis, jeden kleinsten Riss zuzukleistern. Ihre Mutter verstand das nicht. Sie nahm nicht wahr, dass Francis' Verhalten für Chloe an der Uni eine Schmach bedeutete, dass Kommilitonen Gerüchte über sie verbreiteten und sich über die Situation und auch über Chloe selbst köstlich amüsierten.

»Weißt du, was sie gesagt hat, als ich erwähnt habe, dass Astrid Studentin ist?«

Jeff sah sie abwartend an.

»Sie hat mich unterbrochen und gesagt: *Masterstudentin.* Sie plappert schon nach, was mein Dad ihr vorbetet.

Und dann die Sache mit der Ausstellung. Hat er ihr tatsächlich eine Ausstellung versprochen? Läuft es so bei ihm in der Galerie? Ist er so auch mit meiner Mutter zusammengekommen? Mit wie vielen Frauen hat er das schon gemacht? Sein Auge, sein Auge, alle reden sie immer über dieses Auge. Aber ist es ein Auge für Talent oder ein Auge für Titten?

Er ist ein Dinosaurier! Ein widerlicher, vorsintflutlicher T-Rex von einem Mann!«

Dann wischte Chloe sich die Tränen von der Wange, schob die Schuld für ihren Ausbruch auf die Höhe oder die dünne Luft und nahm Jeffs Hände in ihre.

»Ich muss sicher sein können«, sagte sie, »dass du auf meiner Seite bist. Hundertprozentig.«

»Hundertprozentig«, versicherte er, beugte sich über die breite Fläche zwischen ihren Sitzen und küsste sie auf die nassen Wangen.

55

Francis hatte in Val d'Isère ein Chalet samt Butler und Koch gemietet. So ein Dorf hatte Jeff noch nie gesehen, umrahmt von steilen Skipisten, die in den Himmel zu führen schienen. Es war Lichtjahre entfernt von den vereisten Pisten am Mount Baldy, wohin er mit Emilio und Mark ein paarmal einen Tagestrip unternommen hatte. Mit einem Stolz, als würde ihm die Gegend gehören, erzählte Francis Jeff, man könne jedes amerikanische Skigebiet, Vail zum Beispiel, auf Val d'Isère legen und würde es trotzdem nicht mal ansatzweise abdecken. Seit sie das Chalet betreten hatten, schwang Francis Reden über seine Großzügigkeit, aber da das weder Alison noch Chloe interessierte, fiel die Rolle des Publikums wieder einmal an Jeff. Er merkte, dass Chloe davon nicht begeistert war, aber er hatte keine Wahl. Während der Butler ihr Gepäck aus dem Van hereintrug, monologisierte Francis weiter, wie er dieses spezielle Chalet entdeckt hatte, wie schwierig die Buchung gewesen war, dass gerade ein Sturm aufzog und der Schnee danach unglaublich sein würde. Die letzte Information wiederholte er am Ende des Flurs für Alison. Sie antwortete mit einem gleichgültigen »Aha«.

Chloe hatte noch immer kein Wort an ihren Vater gerichtet, was Francis schmerzlich bewusst war. Er zog Jeff beiseite und fragte ihn, wie es aussah. Nach Jeffs bisherigen

Berichten habe er erwartet, dass sie ein wenig zugänglicher wäre. Jeff sagte, sie werde bestimmt auftauen. In Los Angeles sei es schwer für sie gewesen. Ein paar Tage in der Natur, weit weg von zu Hause, würden sie schon umstimmen, da sei er sicher. Was er natürlich nicht war, aber er musste Francis nun mal bei Laune halten. Und vielleicht passierte es ja tatsächlich, unmöglich war es schließlich nicht.

Für den ersten Abend hatte Francis einen Tisch in einem kleinen Restaurant im Dorf reserviert, aber Chloe winkte ab und redete sich mit Jetlag heraus. Außerdem hatten sie doch einen Koch im Chalet. Alison schlug vor, sie und Francis könnten allein gehen und Jeff und Chloe in Ruhe ankommen lassen. Francis war nicht sehr angetan von der Idee; er war überzeugt, Alison schon mehr oder weniger zurückgewonnen zu haben, und wollte jetzt Chloe dazu drängen, ihm ebenfalls zu verzeihen. Das schien die einzige Strategie zu sein, die er hatte – so lange Druck auszuüben, bis er bekam, was er wollte.

Doch schließlich machten Francis und Alison sich auf den Weg. An der Tür zwinkerte Francis Jeff mit seinem hängenden Augenlid kurz zu, eine unmissverständliche Aufforderung, Chloe in seinem Sinne zu bearbeiten. Aber Chloe sah es, und als die Tür ins Schloss gefallen war, fragte sie Jeff, was das verdammt noch mal bedeuten solle.

Da gestand er ihr, dass er Francis Bericht erstattet hatte, dass er ihm gesagt hatte, es ginge voran und Chloe werde bestimmt bald wieder mit ihm reden.

»Wie konntest du so was sagen«, entgegnete Chloe fassungslos, »wenn du doch weißt, dass es nicht stimmt?«

»Wirst du denn nie wieder mit ihm sprechen?«, fragte er.

Das war die falsche Frage.

»Du hast mir versprochen«, sagte sie, »dass du auf meiner Seite bist, hundertprozentig. Und jetzt bist du sein Spion?«

»Ich will nur Frieden«, sagte Jeff.

»Der Zug ist abgefahren«, gab Chloe zurück.

56

Am nächsten Tag schien die Sonne, und sie gingen auf bestens präparierten Pisten Ski fahren. Jeff bekam für eine Stunde einen Skilehrer, und Chloe leistete ihm Gesellschaft, obwohl sie es nicht nötig hatte; er interpretierte das als Friedensangebot. Francis und Alison fuhren einen halben Tag Ski, aßen auf einer Hütte zu Mittag und machten nachmittags einen Schaufensterbummel im Dorf. Francis mochte sie nach Val d'Isère eingeladen haben, aber das Programm bestimmte Alison.

Mehrmals erwischte Jeff Chloe dabei, wie sie Spaß am Skifahren hatte, aber sobald ihr wieder der Grund für diesen Urlaub einfiel, setzte sie eine mürrische Miene auf. Sie dachte über alles Geschehene nach, aber sie ließ ihn an ihren Überlegungen nicht teilhaben. So war sie nun einmal, darin ähnelte sie ihrer Mutter, die ihre Gefühle jederzeit verbergen konnte. Chloe entschied ganz bewusst, zu welchem Zeitpunkt sie auf etwas reagieren wollte. Bei Jeff war das umgekehrt. Er gab seinen Empfindungen unmittelbar Ausdruck und verstand nicht, wie Chloe ihre Emotionen auf Eis legen konnte. Es war ihm schon immer schwergefallen, einen Satz wie »Lass uns später drüber reden« zu akzeptieren.

Beim Abendessen – sie waren im Chalet geblieben, der Koch servierte Loup de Mer – verkündete Chloe bei der zweiten Flasche Wein, sie wolle ihrem Vater etwas sagen.

Sie sprach dabei nicht Francis an, sondern Alison. Sie bat ihre Mutter, es ihm auszurichten, als säße er nicht ihr gegenüber am Tisch.

Sie könne es nicht fassen, dass ihr Vater inmitten dieses ganzen Schlamassels so tief gesunken war, ihren Freund als Doppelagenten zu benutzen, mit seinem Job als Druckmittel, um sich Informationen über sie zu beschaffen. Das sei für sie nicht Ausdruck von Zuneigung – was Francis zu seiner Verteidigung vorbrachte –, sondern nur ein weiterer Vertrauensbruch. Es beweise, dass er sie lieber kontrollieren wolle als ihr – und Alison – mit echtem Respekt zu begegnen.

Francis sprach sie mit ihrem Namen an. Daraufhin sagte Chloe zu Alison, es stehe ihm nicht zu, jetzt zu reden, aber da sie ihn nicht daran hindern könne, solle er zumindest wissen, dass sie nicht direkt mit ihm sprechen werde. Nicht jetzt und auch nicht später. Francis warf Jeff einen Blick zu und brachte ein »Aber ich dachte ...« heraus, bevor Chloe ihn unterbrach und zu Alison sagte, er sei falsch informiert worden, ihre Wut auf ihn habe ganz und gar nicht nachgelassen, sie sei keinesfalls kurz davor, wieder mit ihm zu reden. Und da jetzt auch noch die Sache mit Jeff ans Tageslicht gekommen sei, werde sich das auch so bald nicht ändern.

Darauf Francis: »Ich wollte nur ...«

Aber Chloe war noch nicht fertig. »Sein kleiner, quasi zwangsrekrutierter Spion ist durch sein Bedürfnis, ja nicht irgendwen vor den Kopf zu stoßen, unabsichtlich zum Tripelagenten geworden.«

Francis sah Jeff fragend an.

»Es hat keine Veränderung gegeben«, erklärte Chloe. »Er hat sich das ausgedacht. Vielleicht hätte sich was ändern können, hier während des Urlaubs« – ihr brach die Stimme –, »aber wie soll ich bei dieser Scheiße jetzt noch irgendwem vertrauen?«

Jeff streckte seine Hand nach ihrer Hand aus, aber Chloe zog sie weg.

»Ich will einfach nur nach Hause«, sagte sie.

»Niemand fährt nach Hause«, erwiderte Francis.

In dieser Nacht versuchte Jeff sich irgendwie einzureden, dass die Sache mit Chloe schon wieder in Ordnung kommen würde, aber ihm war klar, dass sie nach ihrer Ansprache nicht mehr so tun konnte, als wäre sie nicht wütend auf ihn. Das Kind war in den Brunnen gefallen.

Er sagte ihr, er verstehe schon, dass sie nicht wisse, wie lange ihre Wut auf ihren Vater andauern würde, aber seine eigene Verfehlung sei doch vergleichsweise klein und er habe ja im Prinzip keine Wahl gehabt, es tue ihm zutiefst leid, dass er ihre Haltung falsch wiedergegeben habe, aber er stehe nach wie vor hundertprozentig auf ihrer Seite, und ob sie vielleicht eine ungefähre Vorstellung habe, wie lange sie ihm noch die kalte Schulter zeigen wolle, denn sehr viel länger würde er das wahrscheinlich nicht mehr verkraften.

Sie drehte ihm den Rücken zu und machte das Licht aus.

Immerhin hatte sie ihn nicht aus dem Bett geworfen.

In dieser Nacht wälzte er sich von einer Seite auf die andere und träumte von Verbundenheit und Trennung, Streit und Versöhnung, und zum Schluss blieb ihm nur das tiefe Gefühl, dass er beim Versuch, es allen recht zu machen, letzten Endes alle enttäuscht hatte.

57

Als sie am nächsten Morgen aufwachten, lag die Welt draußen unter einer Decke aus Neuschnee, und noch immer fielen dicke weiße Flocken aus einem grauen Himmel; die Berggipfel waren in den Wolken verschwunden. Jeff gab Chloe einen Kuss auf die Stirn, doch sie rührte sich nicht. Vermutlich stellte sie sich nur schlafend, aber er wollte sie nicht nerven. Er hatte ihr seine Liebe gezeigt. Mit der Zeit würde sie schon erkennen, dass alle seine Taten dieser aufrichtigen Liebe zu ihr entsprungen waren.

In der Küche stieß er auf Francis, der sich einen French-Press-Kaffee gemacht hatte und durchs Fenster in den fallenden Schnee starrte. Die Ereignisse vom Vorabend schienen ihn nicht mehr zu belasten, er bot Jeff sogar eine Tasse Kaffee an.

»Heute gehen wir Ski fahren«, sagte er.

Jeff nickte.

»Du und ich«, fügte er hinzu.

Jeff hatte Francis noch nicht fahren sehen, aber wenn man ihn mit seinen Ski auf der Schulter herumlaufen sah, erkannte man sofort, dass er wusste, was er tat.

»Ich bin langsam«, sagte Jeff.

»Ach komm, du hast deine Skikünste doch gestern aufpoliert. Ich wette, du bist fit. Außerdem können wir nach dem Drama gestern ein bisschen Ablenkung gebrauchen. Wir geben Alison und Chloe mal etwas Freiraum.«

Jeff fühlte sich unwohl bei dem Gedanken, etwas ohne Chloe zu unternehmen, besonders da er ihr seine hundertprozentige Unterstützung versprochen hatte, aber er wusste auch, dass Francis recht hatte, Alison und ihr würde ein wenig Zeit zu zweit guttun.

Kurz darauf kroch Chloe aus den Federn. Wortlos schenkte sie sich den Rest Kaffee ein.

»Heute ist ein neuer Tag«, sagte Francis.

Sie nahm sich Sahne und Zucker.

Jeff sagte: »Wir haben gedacht, wir könnten dir und deiner Mom heute mal etwas Freiraum geben.«

Sie nippte einmal an ihrem Kaffee und ging zurück ins Schlafzimmer.

Jeff folgte ihr.

»Entscheide dich«, sagte sie. »Willst du mir Freiraum geben oder nicht?«

»Ja, das werde ich gleich.«

Er sagte, er fände das eine gute Idee, schließlich hätten sie und ihre Mom kaum Zeit zum Reden gehabt, und er könne Francis beschäftigt halten; er beteuerte ihr noch einmal seine Loyalität, hundertprozentig und unerschütterlich.

»Warum kann er nicht allein fahren?«, fragte sie.

»Und was soll ich dann machen?«

»Du kannst auch allein losziehen.«

Er nahm ihre Hand in seine und erinnerte sie daran, dass Francis sein Chef war, und zwar nicht irgendein Chef, sondern ein großzügiger Chef, der ihn wirklich schätzte.

»Dann geh«, sagte sie und zog die Hand zurück. »Mach, was du willst. Lauf mit ihm weg.«

»Ach komm, das ist nicht fair.«

Mit einem einzigen Blick machte sie ihm klar, dass die Unterhaltung beendet war.

58

Jeff hatte noch nie solche Schneemassen gesehen. In den starren Skischuhen hindurchzustapfen, war richtig anstrengend. Er bemühte sich, nicht allzu weit hinter Francis zurückzufallen, der beim Gehen über die Schulter auf ihn einredete, dabei aber weder den vergangenen Tag noch den Grund für den Urlaub und nicht einmal Chloe erwähnte.

Heute, verkündete Francis, würden sie einen echten Urlaubstag machen. Dieses kleinliche Gezänk würde sie nicht davon abhalten, die großartige Natur zu genießen. Und deshalb wolle er Jeff seine Lieblingspiste zeigen.

Als sie zur Talstation kamen, keuchte Jeff schon. Es schneite unaufhörlich. An der Gondel gab es keine Warteschlange. Die kleine Kabine schaukelte um die Kurve, und die Türen sprangen automatisch auf. Sie stiegen ein und setzten sich einander gegenüber, sodass ihre Knie sich fast berührten, die Ski stellten sie neben sich auf wie Lanzen.

Die Gondel schwebte an ihrem Drahtseil über einen weißen Buckelteppich. Jeffs Mund wurde trocken. Bald war um sie herum kaum noch etwas zu erkennen, die Sicht reichte nur bis zur Gondel vor ihnen und zur Piste unter ihnen. Das Dorf von Val d'Isère war komplett verschwunden. Aus dem Nichts tauchte ein Pfeiler auf, die Gondel rumpelte über eine Reihe von Rollen, bevor sie wieder nur am Seil hing. Draußen verdichteten sich die

Wolken, während die Fenster innen von ihrem Atem beschlugen. Sie schwebten durch uferlose graue Leere.

Francis hatte die Skibrille auf die Stirn geschoben und ließ den Blick mit dem hängenden Augenlid auf Jeff ruhen. Er schien es zu genießen, den jungen Mann nah bei sich zu haben und in Ruhe betrachten zu können, als wäre er ein Gemälde oder eine Skulptur. In Francis' Mundwinkel zeigte sich der Anflug eines Lächelns.

»Du hattest lange Haare«, sagte er.

Jeff brauchte einen Moment, um zu begreifen. Um zu verstehen, was diese vier Worte bedeuteten. Vor allem – er war ertappt. Er hatte keine Antwort darauf. Francis musterte ihn jetzt mit einem breiten Lächeln. Wie lange war es ihm schon klar? Seit dem Abend mit den Zigarren? War Francis nur deswegen mit ihm hierhergekommen? Um das Leben, das Jeff sich aufgebaut hatte, einstürzen zu lassen?

Jeff starrte auf seine Knie, seine und Francis'. Er spürte, wie Francis ihn ansah, wie er ungerührt beobachtete, was er in Jeff losgetreten hatte. Er hatte die Lunte angezündet und das Streichholz ausgepustet.

Ein letztes Rumpeln, dann öffneten sich die Gondeltüren, und ein eisiger Windstoß pfiff in die Kabine.

Mit den Ski in der Hand stieg Francis aus. Jeff überlegte kurz, ob er mit der Gondel wieder ins Tal fahren sollte, um vor Francis bei Chloe zu sein, ihr zu beteuern, dass er sie liebe, seinen Pass zu nehmen und sich irgendwo in Europa in Luft aufzulösen. Und dann? Er wusste sich keinen Rat.

»Kommst du jetzt endlich?«

Jeff erhob sich, die Beine wie Gummi, und stieg aus der Kabine. Wie aus weiter Ferne hörte er das Surren der Gondel. Er zwang sich, einen Fuß vor den anderen zu setzen.

Draußen vor der Bergstation ließ Francis seine Ski in den Schnee fallen und trat mit hartem Klacken in die Bindungen. Jeff tat es ihm nach und kettete sich an die zwei schmalen Bretter.

»Diese Piste ist unglaublich«, sagte Francis fröhlich.

Jeff suchte in Francis' Miene nach einem Hinweis auf seine Äußerung in der Gondel, aber sein Blick verriet nichts. Dann setzte Francis seine verspiegelte Skibrille auf, und Jeff sah nur noch sein eigenes Abbild in klein.

Francis rauschte los, die vollkommen parallelen Ski schienen jeder seiner Bewegungen zu gehorchen. Jeff fuhr ihm hinterher, mal im Schneepflug, mal mutig mit geraden Ski und etwas mehr Tempo, um an Francis dranzubleiben. Die Piste wurde langsam, aber stetig steiler und war nicht leicht für Jeff. Als er Francis, der angehalten hatte, erreichte, keuchte er schon wieder, während Francis nicht im Mindesten angestrengt wirkte.

»Alles klar da hinten?« Ohne eine Antwort abzuwarten, fuhr Francis weiter.

Die Luft fühlte sich dünn an. Jeff rang nach Atem. Was zum Teufel hatte Francis vor?

Und dann war da auch noch das Problem mit den Pisten. Jeff konnte sie überhaupt nicht auseinanderhalten und verstand weder die französischen Wörter noch die Symbole auf den Schildern, die im starken Schneefall sowieso kaum zu erkennen waren. Er hatte zwar noch Kraft, aber viel schwieriger durfte die Abfahrt nicht werden. Dummerweise wusste er nicht – konnte er nicht wissen –, dass sie die eigentliche Piste noch gar nicht erreicht hatten. Das wurde ihm erst klar, als er einen Moment später Francis einholte, der wieder auf ihn gewartet hatte. Direkt vor ihm fiel der Hang steil ab und verschwand im Nichts. Einen anderen Weg hinunter gab es nicht.

»Voilà! Épaule du Charvet.« Francis grinste.

Jeff wurde schlagartig übel. Die unbezwingbare Abfahrt vor ihm machte klar, warum Francis ihn hier auf den Berg gezerrt hatte: Bevor er Jeffs Leben endgültig zerstörte, wollte er ihn noch quälen. Er wollte ihn foltern und erniedrigen, den Knirps, den Emporkömmling, den jungen Mann, in dem Francis angeblich so viel von sich selbst gesehen hatte.

Geradeaus hinunter konnte Jeff nicht. Das wäre Selbstmord gewesen. Hier würde ihm nicht einmal der breiteste Schneepflug helfen. Die einzig vernünftige Option war, den Hang langsam zu queren, immer wieder, im Zickzack. Ganz gemächlich. Er würde Francis nicht die Genugtuung geben, ihn scheitern zu sehen. In flachem Winkel kreuzte er den steilen Abhang und fand sich bald auf der anderen Seite der Piste wieder, ohne dass er viel Höhe verloren hätte. Jetzt musste er wenden, um in die andere Richtung zu fahren, aber wenn er die Ski auch nur einen kurzen Moment lang hangabwärts gedreht hätte, wäre er unkontrolliert die Piste hinuntergerast und hätte nicht mehr bremsen können. Also setzte er sich in den Schnee, hob die Beine in die Höhe und drehte die Ski, sodass sie in die entgegengesetzte Richtung zeigten. Dann drückte er sich mithilfe seiner Stöcke wieder hoch. Jetzt versuchte er, die Piste in etwas steilerem Winkel und damit auch ein bisschen schneller zu überqueren. Aber plötzlich erwischte er einen Buckel, einen harten Höcker unter dem frischen Pulverschnee, und stürzte, landete auf der Hüfte, rutschte auf dem Bauch den Hang hinunter, kopfüber, versuchte mit den Ski zu bremsen, bis einer sich löste. Nachdem er endlich still liegen geblieben war, durchnässt und kalt, kroch er unter Schmerzen bergauf zu seinem Ski und mühte sich, ihn wieder anzuziehen. Im selben Moment stoppte Francis direkt unterhalb von ihm ab und bespritzte ihn dabei mit einer Wolke aus Schneestaub.

»Brauchst du Hilfe?«

Jeff antwortete nicht. Er richtete sich auf und bekam mit Mühe den Schuh wieder in die Bindung. Francis machte eine Drehung und bretterte den Hang hinunter, die Knie beweglich wie Stoßdämpfer; federnd sauste er von einem unsichtbaren Buckel zum nächsten, bis er außer Sichtweite war.

Durchnässt, frierend, erschöpft und mit schmerzender Hüfte stand Jeff auf der Piste und kochte vor Wut. Die Landschaft um ihn herum war so weiß und schwindelerregend steil, dass es nicht aussah, als würde der Schnee fallen, sondern als würde die Erde ihm entgegensteigen. Irgendwie musste er diesen Hang hinunterkommen. Ein ums andere Mal querte er die Piste, fiel noch ein paarmal hin – dankbar für jeden Höhenmeter, den er bei den würdelosen Rutschpartien auf seinem Hintern verlor – und gelangte endlich an den Fuß des Abhangs, wo Francis schon auf ihn wartete.

»Lass dir ruhig Zeit«, sagte Francis.

Jeff schwieg. Dann verzichtete Francis kurz auf den Sarkasmus, wie eine Katze, die der Maus vor der nächsten Runde eine Atempause gönnte.

»Spaß beiseite, ich gebe dir mal einen Tipp. Du kannst diese Piste runterfahren. Du musst nur ordentliche Schwünge machen. Es ist mehr oder weniger eine Sprungbewegung.« Er machte es im Stand vor. »Das nächste Stück ist ein bisschen anspruchsvoller, aber es hat einen langen Auslauf. Wenn du die Geschwindigkeit nicht mehr kontrollieren kannst, einfach in die Knie gehen und die Ski Richtung Tal halten. Irgendwann hältst du von allein an.«

Jetzt erst sah Jeff, dass sie sich auf einem kurzen Plateau zwischen zwei steilen Abschnitten befanden und die Piste nach einer Rechtskurve wie schon zuvor ins Nichts abfiel. Dort unten war alles weiß und grau und kein Ende in Sicht.

Die Piste wurde schmaler, die Querungen kürzer, und Jeff musste immer öfter die Richtung wechseln. Um die schmerzende Hüfte nicht so sehr zu belasten, versuchte er, im Stehen zu wenden, und wäre fast hinuntergeschossen. Ihm war schleierhaft, wie man an so etwas Spaß haben konnte. Es war eine Höllenqual, und er wollte nur noch ins Tal, nur noch nach Hause. Aber welches Tal, welches Zuhause?

Von oben ließ Francis einen Pfiff ertönen. Dann preschte er mit parallelen Ski die Piste herunter, sprang wie zuvor elegant über die im Tiefschnee verborgenen Buckel. Jeff beobachtete seine Technik, obwohl ihm sofort klar war, dass das für seine eigenen Bemühungen vollkommen irrelevant war. Francis zog eine Show ab, er rieb Jeff unter die Nase, dass er hier nach allen Regeln der Kunst gedemütigt wurde. Dann schoss Francis wortlos so nah an Jeff vorbei, wie er nur konnte, ohne ihn zu Fall zu bringen.

Jeff ruderte mit den Stöcken, um nach Francis' Vorbeirauschen das Gleichgewicht wiederzuerlangen, und fiel sanft in den Schnee. Als er sich wieder aufgerichtet hatte, war Francis nur noch eine dunkle Silhouette, die in einiger Entfernung am Rand der Piste verschnaufte.

Und wenn Jeff jetzt einfach auch seine Ski in Richtung Tal drehte? Wäre er in der Lage, mit den Knien die Stöße der Buckel abzufedern? Könnte er im Schuss an Francis vorbeirasen und den Sieg erringen? Zwei Querungen lang erwog er diese Möglichkeit, probierte es mit etwas steileren Winkeln, bei denen seine Ski auf- und abwippten. Nein, noch schneller und er würde nicht mehr bremsen können.

Francis setzte sich wieder in Bewegung, und Jeff kam nicht umhin, seine Geschwindigkeit und Eleganz zu bewundern. Nie im Leben würde er so Ski fahren können, so intuitiv und geschickt und mit so verblüffendem Gleichgewichtssinn auf den Untergrund reagieren, als würde sein Körper sich nur unterhalb des Kopfes bewegen. Francis fuhr vollkommen gleichmäßig, im Rhythmus des Abhangs, mit absoluter Kontrolle, selbst als er jetzt noch schneller wurde. Steuerte er schon auf den Auslauf zu?

Aber dann verlor er die Koordination plötzlich völlig, er hielt sich zwar noch auf den Ski, aber die Buckel prügelten seinen Körper durch, bis er schließlich hoch in die Luft geschleudert wurde. Er schlug hart auf dem Boden auf, die Beine gaben nach, und er fiel in den Schnee.

Jeff konzentrierte sich jetzt nur darauf, die Piste hinunterzukommen. Er kehrte zu seinem vorsichtigen Zickzack zurück, und bald hatte er Francis erreicht. Er lag genauso da, wie er gefallen war, Kopf Richtung Tal, die Ski noch an den Füßen. Jeff konnte nicht sehen, ob die Augen hinter der verspiegelten Skibrille offen oder geschlossen waren.

»Alles in Ordnung?«, fragte er.

Keine Antwort.

»Ich hole Hilfe«, sagte er.

Er fuhr weiter im Zickzack die Piste hinunter, hin und her, Francis' Sturz in Dauerschleife vor Augen. Sobald er im Tal war, würde er die Pistenrettung alarmieren.

59

Jeff zog die Augenbrauen hoch, als wollte er sagen: Das wars.

»Du hast Hilfe geholt?«, fragte ich.

»Ich habe mir jede Menge Geschichten ausgedacht, was da oben am Berg passiert war. Unzählige Möglichkeiten. Alle erdenklichen Varianten. Ich habe mir gesagt, dass es richtig war, die Pistenrettung zu holen. In Wirklichkeit war es mir von Anfang an klar. Ich wollte es nicht wahrhaben, wollte es mir nicht eingestehen, aber als ich sah, wie er fiel, wusste ich sofort Bescheid. Es war weniger ein Sturz als ein Zusammenbruch. Die ganze Muskelspannung war weg. Als hätte jemand einer Marionette die Fäden durchgeschnitten.«

»Das Herz?«, fragte ich.

»Die Pistenrettung ist mit Schneemobil und Anhänger hoch. Ein paar Skifahrer hatten inzwischen bei ihm angehalten. Als die Helfer kamen, war er schon von einer dünnen Schneeschicht bedeckt. Er muss ausgesehen haben wie jemand, der am Everest den Naturgewalten zum Opfer gefallen ist.«

»Du hättest ihn nicht retten können«, versuchte ich ihn zu trösten.

»Nett, dass du das sagst. Vielleicht hast du sogar recht. Aber Tatsache ist – ich habe es nicht versucht.«

60

Als er sich dem Ende seiner Geschichte näherte, sah er mich lange an, während ich noch zu begreifen versuchte, was er mir anscheinend spontan und unvorbereitet nur aus dem Grund erzählt hatte, dass er in mir endlich den perfekten Zuhörer gefunden hatte – wobei ich nicht sicher war, ob er mich deshalb für so geeignet hielt, weil ich ihn von früher kannte, als er noch, wie er es formulierte, ein gutes Herz gehabt hatte, oder nicht doch eher, wie ich inzwischen vermutete, weil ich seinen Bericht eventuell zu einer Art »Schlüsselroman« (entsetzlicher Ausdruck) für eine unsichtbare Schar anonymer Leser verarbeiten würde, in deren kollektivem Bewusstsein seine Erzählung ruhen könnte wie in einem Archiv, sodass sie nicht mehr in seinem Kopf gefangen wäre und mit ihm sterben müsste. Vielleicht wünschte er sich einen solchen Roman sogar für diejenigen, die ihn trotz der geänderten Namen erkennen würden, die ihn kannten und glaubten, auch seine Geschichte zu kennen, damit er sich vor ihnen reinwaschen oder ihnen indirekt beichten, sich rechtfertigen oder seine Kritiker überzeugen konnte. Er sah mich also an, müde vielleicht vom Reden, vom langen Tag in der Flughafenlounge, vom Alkohol, und in seinem Blick lag – wie soll ich es anders sagen? – ein Flehen.

61

Nachdem die Pistenrettung sich auf den Weg gemacht hatte, wartete er. Es dauerte lange, bis er etwas hörte. Er lauschte auf die Meldungen aus den Funkgeräten. Er konnte kein Französisch, deshalb verstand er nicht, was gesagt wurde, aber irgendwann schloss einer der Männer mit Funkgerät die Augen und schüttelte den Kopf. Da war Jeff endgültig klar, was er eigentlich schon längst gewusst hatte. Francis war tot. Derselbe Herzfehler, der ihn an jenem Morgen vor langer Zeit fast im Meer hätte ertrinken lassen, hatte ihn bei einer Überanstrengung erneut erwischt.

Die Ärzte hatten diese Gefahr damals nicht vorhersehen können, weil Francis, wie Jeff später herausfinden sollte, ihnen seinen regelmäßigen Kokainkonsum verschwiegen hatte.

Jetzt näherte sich mit typisch europäischem Heulton ein Krankenwagen. Aus dem grauen Nebel tauchte der Motorschlitten der Pistenrettung auf, der Anhänger, auf dem sie Francis festgeschnürt hatten, holperte hintendran über den Schnee. Den Gesichtern der Sanitäter war anzusehen, dass es keine Hoffnung mehr gab.

Mit geübten Handgriffen luden sie Francis auf eine fahrbare Liege und schoben ihn in den Krankenwagen. Beim Anblick der Rettungskräfte und der Trage, bei der Erinnerung an Francis' reglose Gestalt in der Ferne schien es Jeff einen Moment lang, als erlebte er ein Echo der Rettungsaktion am Strand. Als markierte dieser Morgen das Ende von etwas, das an jenem Morgen begonnen hatte, nämlich ein von Jeff aufgestoßenes zusätzliches Zeitfenster, eine Chance für Francis, sein Leben noch eine Weile weiterzuleben. Er hatte diesem Mann nicht das Leben gerettet, er hatte nur seinen Tod hinausgezögert.

Während ihm diese Gedanken durch den Kopf rasten, versuchte er nicht nur das auszublenden, was er getan oder, genauer gesagt, eben nicht getan hatte, sondern auch die überwältigende Erleichterung darüber, dass sein Geheimnis nun doch nicht aufgedeckt werden würde. Den Schuldlosen hilft das Glück.

Als er das Chalet betrat, saßen Alison und Chloe gemütlich mit Drinks auf dem Sofa. Sie hatten eine Schneeschuhwanderung gemacht. Und eine Schneeballschlacht. Die Situation hatte sich von ganz allein entspannt, genau wie Francis es vorhergesagt hatte. Mutter und Tochter machten das Beste aus der Sache. Chloe begrüßte Jeff mit einem freudigen Lächeln, bis ihr wieder einfiel, dass sie ja eigentlich noch wütend auf ihn war. Er konnte nicht einschätzen, wie tief ihr Ärger saß und wie lange er noch angedauert hätte, wenn nicht passiert wäre, was soeben passiert war. Angesichts dieses Ereignisses würde ihr Zorn schon bald klein und unbedeutend erscheinen, wie ein Buschfeuer, auf das eine Atombombe fiel.

Er hatte keine Ahnung, wie er es ihnen sagen sollte. Francis war tot. Jeff hatte das nicht bestätigt bekommen, er war einfach von der Station der Pistenrettung allein zurück zum Chalet gelaufen. Aber er war sicher. Wie sollte er es formulieren?

»Es hat einen Unfall gegeben. Ihr müsst im Krankenhaus anrufen.«

Chloe und Alison bombardierten ihn mit Fragen.

»Ich weiß nicht, er ist gestürzt. Die Pistenrettung hat ihn abgeholt.«

Wo?, wollten sie wissen. Wie?

»Épaule du Charvet«, antwortete er.

Chloe sah ihn entgeistert an. »Auf *der* Piste ist er gestürzt? Woher weißt du das? Warst du bei ihm?«

Jeff nickte.

»*Die* Piste ist er mit dir gefahren? Da wärst du doch nie im Leben heil runtergekommen.«

»Ich weiß nicht«, meinte Jeff. »Vielleicht war das sein Ziel.«

Alison war schon am Telefon, sie sprach Französisch und sagte immer wieder Francis' Namen. Dann wurde sie kreidebleich und schwieg.

»Wir sollen ins Krankenhaus kommen. Mehr sagen sie nicht.«

»Was soll das heißen?«, fragte Chloe. Sie wandte sich an Jeff. »War alles in Ordnung mit ihm, als du ihn zuletzt gesehen hast?«

»Ich bin kein Arzt«, sagte Jeff. »Ich habe so schnell wie möglich Hilfe geholt.«

Chloe fing an zu weinen. Jeff nahm sie in den Arm, und sie schob ihn nicht weg.

62

Augenblicklich begann die Heiligsprechung. Man erinnerte an Francis' Großzügigkeit und an sein Auge, man betonte, dass er der beste Vater gewesen war, den man sich wünschen konnte, ein ehrgeiziger und gewiefter Geschäftsmann, der Karrieren gefördert hatte, und Alisons »Fels in der Brandung«; man erwähnte sein Durchhaltevermögen, seine Abenteuerlust, seine nicht enden wollende Neugier, seine Rolle als Mentor, seine Unterstützung sowohl für berühmte als auch für unbekannte Künstlerinnen und Künstler, seine Förderung der Museumslandschaft, sein Mäzenatentum, seine Zukunftsvisionen für Galerien im Allgemeinen und die zeitgenössische Kunst in Amerika, seine »nicht immer populären, aber immer richtigen« Entscheidungen, sein Vermächtnis, seine legendären Partys – die Liste hörte gar nicht mehr auf.

Selbstverständlich erwähnte niemand seine Treulosigkeit, seine Vertrauensbrüche, seine Herrschsucht, seinen meist nur von Geldgier geprägten Blick auf die Kunst, sein Gebrüll, seine willkürlichen Rausschmisse, seine Unfähigkeit (oder Unlust), die Gefühle anderer Menschen wahrzunehmen, seinen Geiz, sein Talent, allen, die ihm nahestanden, das Leben zu vermiesen.

Chloes Wut auf ihren Vater hatte sich in eine tiefe und andauernde Reue verwandelt, weil er zu einer Zeit gestorben war, in der sie nicht mit ihm gesprochen hatte. Die Unabänderlichkeit dieser Tatsache empfand sie als himmelschreiende Ungerechtigkeit.

Alison dagegen standen zwar jedes Mal Tränen in den Augen, wenn sie von Francis sprach, aber von außen betrachtet hatte ihr Leben sich enorm zum Positiven verändert. Sie hatte Freiheit und Unabhängigkeit gewonnen, und sie war niemand, der vor Herausforderungen zurückschreckte. Die Galerie gehörte jetzt ihr, und da sie sich an Francis' Monologe über Marcus und Andrea erinnerte, beförderte sie keinen der beiden auf den Chefsessel, sondern nahm diesen Posten selbst ein und füllte ihn äußerst kompetent aus. Wie sich herausstellte, hatte sie ein sehr viel besseres Auge als ihr Ehemann und entdeckte überdies viele unterrepräsentierte Künstlerinnen, die dem lüsternen Geschmack ihres verstorbenen Gatten allesamt nicht entsprochen hätten. Sie legte mehr Liebenswürdigkeit und Großzügigkeit an den Tag als je zuvor, als hätte die Ehe mit Francis all ihre menschenfreundlichen Eigenschaften unterdrückt.

Das Traumhaus im Mandeville Canyon, wo Jeff einst nach Francis gesucht hatte, wurde direkt nach der Fertigstellung verkauft.

»Die Galerie ist also nicht den Bach runtergegangen.«

»Ich hatte nicht mit Alison gerechnet.«

»Und jetzt bist du selbst Kunsthändler.«

Er nickte. »Nach Francis' Tod war es zunächst nicht einfach. Alison und Chloe waren beide sehr in sich gekehrt und schirmten sich gegenseitig vor der Außenwelt ab. Ich konnte nicht einschätzen, wo ich bei dem Ganzen stand. Ich ging einfach weiter zur Arbeit. Offiziell waren Chloe und ich noch zusammen. Aber ich blieb ein wenig auf Abstand. Genauso wie ich mich zu Francis' Lebzeiten für alles, was geschah, verantwortlich fühlte, hielt ich mich auch jetzt für den Urheber aller Folgen seines Todes in den Bergen. Denn ich war fest davon überzeugt – auch, wenn du etwas anderes meinst und ich dir inzwischen sogar zustimmen würde –, ich war fest davon überzeugt, dass ich ihn hätte retten können. Ich hatte es ja schon einmal getan! Und deshalb sah ich jede vergossene Träne, jede geschönte Erinnerung als Resultat meiner Entscheidung, die ich aber nicht mal bewusst getroffen hatte. Die Beerdigung, die Traueranzeige, die Zeitungsartikel – alles meinetwegen. Man soll nichts Schlechtes über die Toten sagen, aber was da verkündet wurde, ging absolut zu weit. Ich hätte am liebsten geschrien: Wisst ihr denn nicht mehr, wer er war?«

»Vielleicht wolltest du die Tragik des Ereignisses ein bisschen runterspielen?«

Jeff sah mich eindringlich an. »Wie gesagt, ich betrachtete das Ganze als Aufschub, als zusätzliche Zeit, die ihm geschenkt worden war, und ich fand, er hatte sie vergeudet. Er würde das anders sehen, wenn er noch hier wäre; er würde sagen, dass er das Leben genossen hatte, solange es noch ging.«

»Der Porsche.«

»Genau. Astrid. All das.«

»Bist du heute noch der Meinung, dass er die zusätzliche Zeit vergeudet hat?«

Er hob sein Glas und rieb sich die Augen. »Ich weiß nicht. Ich kann sein Verhalten heute besser nachvollziehen.«

»Weißt du, was aus Alison und Chloe geworden ist?«

Er lachte und hob die linke Hand mit einem Platinring am Ringfinger. »Es hat eine ganze Weile gedauert, bis sich alles beruhigt hatte.«

»Moment. Du hast sie geheiratet?«

»Jo.«

»Und FAFA?«

»Alison hat die Galerie sieben Jahre lang geleitet, dann hat sie mich gebeten zu übernehmen. Wir haben Beverly Hills dichtgemacht und das gesamte Geschäft nach New York verlegt.«

»Dann hatte Francis dich doch richtig eingeschätzt.«

»So weit würde ich nicht gehen.«

Ich versuchte, seinen Gesichtsausdruck zu deuten. Arglos und selbstzufrieden grinste er mich an.

Er hatte den König vom Thron gestoßen, die Prinzessin geheiratet und das Königreich übernommen. Erwartete er wirklich, dass ich ihm glaubte, er wäre da ganz unbedarft hineingestolpert, mit reinem Herzen und in bester Absicht? Ich vermute, ja. Mehr noch, zumindest in diesem Moment schien er es auch selbst zu glauben.

64

Ein älterer Mann in Uniform kam zu uns herüber und verkündete, dass die Crew eingetroffen sei und wir in Kürze mit dem Boarding beginnen würden.

Jeff erhob sich und strich sein Jackett glatt. Erstaunlich, welche Wirkung ein knitterfreier Anzug, ein schicker Rollkoffer und eine transparente Brillenfassung doch hatten. Er sah nicht aus wie jemand, der am helllichten Tag gebechert hatte, sondern wie ein eleganter und kultivierter Manager, bereit fürs Kundenmeeting. Ein Blick auf mein verschwommenes Spiegelbild im nun schwarzen Fensterglas dagegen offenbarte einen Mann in schlabberiger Cargohose, mit heraushängendem Hemd und ausgebeultem Rucksack. Ungekämmte Haare. Mein Gesicht war kaum zu erkennen, aber mir war klar, wie ich aussah: wie jemand, der die Nacht zum Tag gemacht hatte.

Ich folgte Jeff aus der Lounge und winkte Saskia zu, dann fuhren wir mit dem Aufzug hinunter, und ich ging hinter ihm her zum Gate. Wieder blickte ich auf die penibel geschnittenen Haare im Nacken. Und wie beim ersten Mal, als wir zu den Lounge-Aufzügen gegangen waren, sah er sich kein einziges Mal um, ob ich noch da war.

Am Gate dauerte es nicht lange, bis die Passagiere der First Class aufgerufen wurden. Mit ernstem, fast ein wenig traurigem Blick wandte er sich mir zu und dankte mir, dass ich seine Geschichte angehört hatte.

»Jetzt ist sie in der Welt. Sie gehört dir. Du kannst damit machen, was du willst.«

Ich hatte es geahnt. Er wollte, dass ich sie aufschrieb. Aber ich hatte nicht die Absicht, das zu tun.

»Ist das alles?«, fragte ich.

»Du hast mir so geduldig zugehört. Jetzt würde ich es doch gerne wissen. Was meinst du dazu?«

»Du hast getan, was jeder andere auch getan hätte«, antwortete ich.

Es war die einzige Absolution, die ich ihm erteilen konnte. Dass es nicht stimmte, war egal. Er nahm es an, und es schien ihn zufriedenzustellen. Er reichte mir die Hand.

»Ich bin wirklich froh, dass ich dich getroffen habe«, sagte er.

Dann ging er zum Boardingschalter der First Class, an dem es keine Warteschlange gab, scannte sein Ticket und betrat die Fluggastbrücke. Er bewegte sich mit federndem Schritt wie jemand, dem eine schwere Last abgenommen wurde.

Dem Aufdruck auf meiner Bordkarte entnahm ich, dass noch drei andere Gruppen vor mir an der Reihe waren. Ich gesellte mich zu einem Pulk von Leuten; manche drängelten sich durch, weil ihre Sitzreihen aufgerufen wurden, andere standen einfach nur im Weg herum, es war eine einzige Masse rivalisierender Wünsche und Bedürfnisse, lauter unterschiedliche Persönlichkeiten mit unterschiedlichen Vorstellungen, Sorgen und Freuden, die alle einfach nur irgendwie vom Terminal zu ihrem Sitzplatz gelangen, ihr Handgepäck verstauen, sich anschnallen und bereit machen wollten für das, was sie auf der anderen Seite des Ozeans erwartete.

65

Berlin war ein Flop. Wie es aussah, war ich doch kein Kultautor. Mein deutscher Verleger, hochgebildet und fatalistisch, lud mich als Trostpflaster zum Essen ein. Ich ließ ihn wissen, dass ich mir ein paar Tage für Interviews frei gehalten hatte. Er versicherte mir, dass er sich sofort melden würde, falls sich etwas auftat.

Aus Höflichkeit verschwieg er, was offenkundig war: Ich hätte mir den weiten Weg sparen können.

Ich machte das Beste daraus und schlafwandelte zum Brandenburger Tor, zum Checkpoint Charlie, zum Reichstag, zum Holocaust Memorial und so weiter.

In der Nacht lag ich dank Jetlag hellwach im Bett und starrte an die Decke meines Nullachtfünfzehn-Hotelzimmers. Aus Langeweile grübelte ich in Ruhe über die Begegnung mit Jeff Cook nach. Das Grinsen, mit dem er abgestritten hatte, dass Francis ihn von Anfang an richtig eingeschätzt hatte, ging mir nicht aus dem Kopf – das Lächeln eines Mannes, dem eine zufällige Eroberung geglückt war. Es ließ mich nicht los, und obwohl ich versuchte, Jeff aus meinen Gedanken zu vertreiben, ertappte ich mich doch dabei, wie ich ein ums andere Mal die Details seiner Erzählung durchging.

Irgendwann klappte ich meinen Laptop auf und suchte nach ihm, nach FAFA, nach Francis Arsenault.

Es stand alles da, genau wie er gesagt hatte, mit einer Ausnahme.

In den allerersten Meldungen über Francis' Tod – nicht in denen, die später in der *New York Times* oder im *Spiegel* erschienen waren, sondern in den lokalen Berichten aus Val d'Isère – war Francis Arsenault nicht an Herzversagen gestorben, sondern an schweren Verletzungen infolge einer Kollision mit einem anderen Skifahrer.

DANK

Dieser Roman würde nicht existieren ohne den Einsatz und die Unterstützung von Jack Livings, Sarah Manguso, Sarah Shun-Lien Bynum, Lauren Wein, Anna Stein und Chrissy Levinson Wilson. Ich bin ihnen auf ewig dankbar.